상처 입은 청년들을 위한

개미와 베짱이

상처 입은
청년들을 위한

개미와 베짱이

이창종 지음

〈서론〉

내게는 오래전에 생긴 무슨 트라우마 같은 게 있어서 아직도 그때 일과 비슷한 일을 겪으면 우울증에 빠지곤 한다. 그래서 1년에 한두 번씩은 꼭 심리적으로 어려운 상황이 닥치곤 한다. 그럴 때마다 알게 되는 것은 세상에 해결사는 많지만, 위로자는 적다는 것이다. 많은 사람은 다른 사람의 상처에 해답을 주려고 하지만, 정말로 상처 입은 사람들에게 필요한 것은 해답이 아니라 위로이며 공감이다.

이것이 내가 이 책,《상처 입은 청년들을 위한 개미와 베짱이》를 쓰게 된 이유이다. 이 책은 우리의 상처에 해결책을 주지는 않는다. 다만 나는 이 책을 통해서 당신이 혼자만 겪는 줄 알았던 외로운 상처가 당신만의 상처가 아니라고 말하고 싶었다. 그 마음을 다 이해하며 함께 눈물을 흘리는 사람이 있다는 것을 말하고 싶었다. 사람들은 이렇게 위안을 받고 치유가 시작되기 때문이다.

스캇 펙은 "모든 사람은 상처투성이"라고 말했다. 사람들은 기억도 못 할 만큼 어린 시절의 상처로 인해서 성인이 된 이후에도 끊임없이 고통받는다. 그뿐 아니라 인생을 살아가면서 상처는 쌓여만 간다. 그렇게 우리는 모두 치료가 필요한 상처투성이다.

이 이야기는 개미와 베짱이의 이야기이다. 곧 개미와 베짱이가 되었던 여러 사람의 사연을 각색한 것이다. 개미는 왜 베짱이에게 음식을 나누어 주지 않았을까? 왜 베짱이는 음식을 구걸해야 했을까? 개미에게도 베짱이에게도 우리는 알지 못했던 사연이 있었을 것이다. 모든 사람에게는 각자 자기만의 사연이 있다. 남들은 알지 못하고 오직 나만 알고 있는 숨겨진 사연이 있다.

상처받은 사람들의 이야기를 통해서 또한 상처를 품고 살아가는 사람들이 위로를 받기를 원하고, 또 다른 사람의 상처에 주의를 기울일 수 있는 사람들이 되기를 바란다.

사람은 이상하게도 나와 같은, 혹은 더 심한 상처를 겪은 사람들의 이야기를 들을 때 위로를 느낀다. 나의 아픔이 나만의 아픔이 아니라 다른 사람들도 같은 아픔을 가지고 있다는 것을 알게 될 때 마음이 치유되고 용기가 샘솟는 것을 느끼게 된다. 그래서 이 책은 아픔을 가진 사람들에게 해답을 제공해 주기 위한 책이 아니라, 위로와 용기를 주는 책이다. 당신이 가지고 있는 그 아픔은, 당신만의 아픔이 아니다. 너도 나도 우리는 모두 상처를 가지고 살아간다.

각 베짱이와 개미의 이야기는 순서대로 자존심, 사랑, 상처라는 같은 주제를 다룬다. 같은 주제의 각기 다른 이야기들을 통해서 다른 사람을 바라보는 폭넓은 시야를 가질 수 있기를 바란다.

이 책에 담고 싶은 이야기가 많았지만, 오직 비슷한 몇 개의 이야기만을 선정해서 집필할 수밖에 없었다. 그래서 책의 마지막 장은 여백으로 두었다. 남은 마지막 장은 독자 여러분들이 직접 삶을 살아가며 여러분의 이야기로 채우기를 바란다. 이 책이 나오기까지 끊임없는 관심과 응원을 보태 준 정주희 전도사님과 또한 감상과 검수를 맡아 주신 정해준 선교사님께 감사의 인사를 드린다.

"가장 큰 슬픔을 이겨낸 자들이 다른 사람들에게

가장 힘 있는 위로를 주고 어디를 가나

밝은 햇빛을 비추는 자들임을 볼 수 있다."

- 엘런 화이트

목차

#1

베짱이는 억울하다

베짱이에게도 나름의 사연이 있었대요.

남들에게는 얘기하지 못했던

베짱이만의 사연을 한번 들어 볼까요?

부러웠을 뿐이야

베짱이는 친구들이 너무 질투가 나고 미웠어요. 새해를 맞아 친구들이 모두 모였어요. 그런데 그의 개미 친구들은 이제 의사도 되고, 교사도 되고, 유학도 가고, 결혼해서 아이도 낳아 사는 친구들도 있었어요. 그런데 직장도 없고 결혼도 못 하고 사는 자기를 보면 세상에서 혼자만 못난 사람인 것 같았어요. 자기만 세상에서 뒤처지는 것 같았어요. 그래서 잘나가는 친구들을 볼 때마다 시기심이 들고 너무 미웠어요.

"나도 학교 다닐 때 성적 좋았는데……. 나도 친구들에게 인기 많았는데……."

물론 베짱이도 한때 잘나가고는 했어요. 작지만 괜찮은 직장에서 일하곤 했거든요. 그런데 베짱이에게는 꿈이 있었어요. 그것은 훌륭한 음악가가 되는 것이었어요. 그 꿈이 아니고서는 어떤 일을 해도 만족스럽지 않을 것 같은 생각에 회사를 그만두고 음악가의 길을 걷겠다고 결심했어요. 물론 많은 사람이 그런 베짱이의 결정을 만류했지만, 베짱이는 확고했어요. 자기는 분명 성공할 것이라고 다짐했거든요.

그런데 이제 20대가 지나고 30대가 다 되어가고 있어요. 음악가가 되기로 한 지 몇 해가 지났지만, 아직도 베짱이는 성공하지 못했어요. 아무리 음반 회사에 음악을 투고해도 자기의 음악을 받아 주는 곳이 없었거든요.

직업이 없으니 여자친구와도 헤어져야만 했어요. 내가 성공해서 행복하게 해 줄 수 있으리란 보장이 없어 이 사람을 붙잡아 놓을 수 없었으니까요. 집도 작은 고시원으로 이사해야만 했어요. 그마저도 부모님의 도움이 없다면 불가능했을 거예요. 그렇게 베짱이는 나이만 먹어 가고 있었어요. 자기의 길을 꾸준히 걸어가던 개미들은 이제 안정적인 직장과 가정을 가지고 사는데 베짱이는 아직도 편의점 아르바이트나 하고 있는 거예요. 다들 스스로 독립해서 미래를 만들어 가는데 베짱이는 아직도 부모님께 빌붙어 사는 처지였어요. 그래서 베짱이는 친구들을 볼 때마다 자기의 선택을 후회하기도 했어요.

SNS라도 켜서 친구들의 근황을 보는 일이 어느 순간부터 괴로워져서 아이디를 모두 탈퇴한 지도 오래되었어요. 봄이면 꽃을 보러 다니고, 겨울이면 눈을 맞으러 다니는 친구들의 게시물을 보면 베짱이도 빨리 경제적으로 풍요로워지고 싶었거든요. 저렇게 안정적으로 살고 싶어지기도 했어요. 그래서 친구들의 일상을 볼 때마다 베짱이의 마음은 더 조급해졌어요. 나도 빨리 성공해야 한다고, 나도 빨리 자리를 잡아야 한다고요.

하지만 그런 친구들의 소식을 볼 때면 베짱이도 꽃을 보러 가고 싶고 또 편하게 쉬고 싶은 마음이 들잖아요? 그래서 기분전환 삼아 잠시 공원이라도 나가기라도 하면 잠깐은 기분이 좋아졌지만 내가 이렇게 여유를 부리고 쉬어도 될까 하는 생각에 마음이 불편해졌어요. 왠지 모르게 죄를 짓는 것만 같았거든요. 자기 처지에 사치를 부리는 것 같았어요. 놀아도 전혀 즐겁지 않고 쉬어도 제대로 쉴 수 없었어요. 결국, 베짱이는 계속 공부에 매진할 수밖에 없었어요. 그러다 보니 친구들과 만남도 점차 멀리하게 되는 거 있죠?

한편, 함께 음악가가 되겠다는 꿈을 꾸며 서로를 응원했던 매미가 이번에 데뷔해서 사람들의 입방아에 오르내리고 있다는 소식을 듣게 된 거예요. 베짱이는 매미를 축하해 주고 기뻐해 주었지만, 동시에 그런 매미를 볼 때마다 자기가 한심해 보였어요. 같은 나이의 친구들은 이제 어른이 되었는데, 자기는 아직 아이 같다고 느껴졌거든요.

그런데 제일 베짱이를 불안하고 조급하게 만든 게 뭔지 아세요? 베짱이가 어린 시절부터 좋아했던 개미가 좋은 직장을 가지고 있다는 거였어요! 학창 시절부터 그녀에게는 멋있는 모습만 보여 주고 싶었거든요. 그런데 이제는 그녀와 함께 밥을 먹거나 어디를 놀러 갈 때면 기가 푹 죽어 버렸어요. 개미를 만나는 게 부담스럽고 부끄러웠어요. 밥값이나 입장료를 자기가 내주고 싶어도 베짱이의 주머니 사정이 어려우니 항상 개미가 더 많은 돈을 내야만 했거든요. 물론 개미는 베짱이를 사랑하는 마음에 그리고 베짱이의 사정을 생각하는 마음으로 베짱이를 기꺼이 도와주는 것이었지만, 그럴 때마다 베짱이는 개미 앞에서 면목이 없고 자기가 초라하게 느껴졌어요.

"나 혼자만 뒤처진 건 아닐까...."

그녀는 이미 자기보다 훨씬 대단한 사람이 되었으니 아무것도 없는 자기가 눈에 들어올 리가 없다는 생각이 들자 베짱이는 자기의 처지가 참담해 눈물이 날 지경이었어요. 빨리 성공해서 멋있는 모습으로 돌아와 그녀에게 마음을 고백하고 싶은데 도저히 성공할 기미가 보이지 않았으니까요. 언제부턴가 그녀와의 만남도 끊게 되었어요. 이제는 연애나 결혼은 포기한 지도 이미 오래되었어요.

그래도 베짱이는 음악가가 되겠다는 꿈을 포기할 수는 없었어요. 지금까지 투자한 시간이 얼마인데, 얼마나 노력했는데! 만약 지금 포기하면 지금까지 쌓아 온 모든 노력이 물거품이 되어 버릴 거예요.

하지만 여기서 더 도전하기도 두려웠어요. 1년을 더 노력하면 성공할 수 있을까요? 2년을 더 투자하면 성공할 수 있을까요? 만일 10년을 꾸준히 노력하면 필히 성공할 수 있다고 한다면, 베짱이는 분명 10년을 기꺼이 투자할 거예요. 꿈을 위해서라면 말이에요! 하지만 베짱이에게는 성공할 수 있으리라는 보장이 없었어요.

만일 한 해를 더 노력했는데도 결국 성공하지 못한다면 더욱 큰 타

격을 받게 될 거예요. 그리고 결국에 음악가로 성공하지 못하고 포기한다면, 그만큼 더 나이만 많은 쓸모없는 사람이 되어 버릴 거라는 걱정이 앞섰어요.

베짱이는 이렇게 돌아올 수 없는 강을 건넌 것만 같았어요. 포기하기도 두렵고, 그렇다고 계속 도전하기도 두려운 상황에서 베짱이는 하루하루가 불안했어요. 그래서 베짱이는 친구들에게 아주 못되게 굴었어요. 친구들이 잘돼도 전혀 응원해 주지 않고 오히려 별것 아니라고 무시했어요. 자기가 했으면 더 잘했을 거라고 무시하고 얕잡아 봤어요. 그런 베짱이를 개미 친구들은 좋게 볼 수 있었을까요? 모두 베짱이가 교만하다고 못된 사람이라고 손가락질했어요. 그래서 베짱이에게 좋은 일이 있어도 아무도 기뻐해 주지 않았고, 베짱이가 도움을 요청해도 아무도 도와주려 하지 않았어요. 친구들의 모임에도 베짱이는 초대하지 않았어요! 베짱이가 온다면 분위기가 안 좋아질 게 분명하니까요.

하지만 베짱이는 교만한 게 아니에요. 부러워서 그랬던 거예요. 잘되는 친구들을 볼 때마다 자기가 한심하다는 생각이 들었거든요. 자기도 그런 친구들처럼 되고 싶었거든요.

베짱이는 오늘도 단칸방에서 좁은 책상을 펴 놓고 악보 위에 음표를 그리고 있어요. 언제가 되어야 성공할 수 있을지 불안해하면서 말이에요. 하지만 베짱이는 분명 성공할 거예요. 왜냐하면, 베짱이는 자기가 가치 있는 사람이라는 것을 알고 있으니까요. 그리고 언젠가는 성공할 것이라는 확신도 마음속에 가지고 있으니까요.

만일 베짱이가 음악가로 성공한 뒤에 더는 자기 자신을 부끄러워하지 않게 되어 여러분에게 달려온다면, 베짱이를 너무 미워하지 말아 주세요. 그를 반갑게 맞아 주고 고생 많았다고 토닥여 주세요. 그러면 베짱이도 못되게 굴어서 미안했다고, 부러워서 그랬다고 솔직하게 고백할 거예요.

남들보다 느려도 전혀 늦지 않아요.

멀리뛰기 아시죠?

결국엔 빨리 가는 게 아니라 멀리 가는 게 중요한 거예요.

그리고 웅크린 만큼 분명 더 멀리 갈 거예요.

나 자신을 믿고 매일 충실하게 살아간다면

하늘을 향해 높이 뛰어오를 날이 올 거예요.

좋아했을 뿐이야

대학생 시절 베짱이는 학교에 한 번도 지각한 적이 없어요. 왜냐하면, 베짱이가 정말 좋아했던 개미와 같은 학교에 다니고 있기 때문이었지요. 아침에 일어나면 제일 먼저 개미를 볼 생각에 싱글벙글 웃음이 나왔어요. 옷을 고를 때도, 머리를 만질 때도 오직 개미에게 잘 보이고 싶은 마음뿐이었어요.

베짱이는 개미를 정말 좋아했어요. 개미 같은 사람이 세상에 또 없다고 생각했어요. 개미는 정말 빛나는 사람이었어요. 어디를 가나 항상 중심에 있던 사람, 모두에게 사랑받고 모난 점이 전혀 없는 사람, 배려심이 넘치고 항상 남을 먼저 생각할 줄 아는 사람, 그게 개미였어요. 개미는 혹시 외계인이 인위적으로 만든 생명체가 아닐까요?

자연적으로 태어났는데 이렇게 완벽하다고요? 말도 안 돼요.

아침에 개미를 만나 반갑게 인사하면 베짱이는 온종일 기분이 좋았어요. 개미와의 사이에서 있었던 일이 그날 베짱이의 기분이 되었어요. 개미가 베짱이에게 문자라도 먼저 한 통 보내오는 날에는 베짱이는 온종일 기분이 좋아서 날아갈 것만 같았어요. 베짱이의 세상은 개미를 중심으로 돌아가는 것 같았어요.

뭐라고 문자를 보내야 할까 쓰고 지우기를 몇 번씩 반복하고, 문자를 보낼까 말까도 오랜 시간 고민했어요. '혹시 문자를 보내서 나를 귀찮게 생각하면 어쩌지? 혹은 좋아하는 마음을 들키면 어쩌지?' 하고 노심초사하면서 말이에요. 하지만 동시에 개미에게 문자 한 통 보내고 싶은 마음도 굴뚝 같았는걸요. 문자를 보내고 싶은 걸까요? 보내고 싶지 않은 걸까요? 베짱이도 베짱이의 마음을 몰라요. 겨우 할 말을 짜내고 짜내서 문자라도 하게 되면 그 대화의 내용을 몇 번이나 올려서 볼 만큼 베짱이는 행복했어요. 이렇게 베짱이에게 있어서 개미에게 문자 하나 보내는 것은 참 어려운 일이었고, 또 문자 하나 보내지 않는 것도 참 어려운 일이었어요.

이 정도면 베짱이, 중증이 확실하겠죠?

개미가 베짱이의 마음을 다 가져가 버려서 그런 걸까요? 이제 베짱이의 마음은 베짱이의 것이 아니었어요. 베짱이의 마음을 베짱이 마음대로 다룰 수 없게 되었는걸요. 베짱이의 마음은 개미의 것이 되었어요. 베짱이가 웃고 우는 것은 모두 개미에게 달려 있게 되었어요.

다른 사람들이 다 자신을 몰라줘도 오직 개미만 자신을 이해해 주고 인정해 주면 그것으로 만족스러웠어요. 반대로 세상 모든 사람이 다 자신을 좋아해도, 개미가 자신을 바라봐 주지 않는다면 그것은 아무 소용이 없는 일이 될 것이에요.

그래서 베짱이는 자기가 잘한 일이 있으면 가장 먼저 개미에게 자랑했어요. 자기가 얼마나 좋은 사람인지, 능력 있는 사람인지 개미에게 증명받고 싶었으니까요. 다른 사람의 인정을 필요 없어요. 오직 개미의 인정과 칭찬만이 가치가 있는걸요.

개미가 베짱이를 보고 쓰윽 미소를 지어 줬을 때는 베짱이의 머릿속이 복잡해지기도 했어요.

베짱이는 개미도 자신을 좋아해 줬으면 좋겠다고, 자기가 개미를 생각하는 것의 반만큼이라도 개미가 자신을 바라봐 줬으면 좋겠다고 생각했어요.

개미와 함께 있을 때는 심장이 고장 난 것처럼 빠르게 뛰고, 밤에 잠들기 전 개미 생각이 들면 괜히 설레는 마음이 들어 이불 속에서 발을 동동동 구르며 늦은 밤을 지새우곤 한걸요.

친구들과 함께 놀러 가는 날이면, 베짱이는 개미와 단둘이 만나는 것도 아닌데도 개미에게 잘 보이고 싶어서 열심히 자기를 꾸미곤 했어요.

또 멀리 떨어져 있어도 자꾸만 시선이 개미에게 가게 되고 개미의 목소리가 뚜렷하게 들려왔어요. 머릿속에 안테나라도 있는 걸까요? 아무리 혼잡하고 시끄러운 곳에서도 베짱이는 개미를 한 번에 찾아낼 수 있었어요. 왠지 모르게 개미는 사람들 사이에서 빛나는 것 같았거든요.

개미는 사람들 사이에서

빛나는 것 같았거든요.

어쩌다가 개미와 밥 약속이라도 잡는 날에는 너무 행복해서 방방 뛰었어요. 달력에 빨간 펜으로 약속 날짜를 적어 놓고 그날을 하루 하루 기다리게 되었어요. 마치 한 주를 살아가는 이유가 그 약속일이 된 것 마냥, 단순히 밥 한번 먹는 날이 베짱이에게는 무엇보다 소중하고 중요했어요.

개미가 급한 일이 생겨서 약속 날짜를 조금 미루자고 연락이 왔을 때, 베짱이는 속으로는 실망을 많이 했지만, 아무렇지 않은 듯이 행동했어요. 자기가 개미를 좋아하는 마음을 들키고 싶지 않았거든요. 마음을 들키면 개미가 베짱이를 부담스러워할 게 분명해요. 그런데 개미가 새로 잡은 날짜는 베짱이에게 면접이 있는 날인 거예요! 그래도 베짱이는 그 날짜에 개미와 약속을 새로 잡기로 하고, 면접을 취소했어요. 왜냐하면, 개미와의 약속이 무산되면 언제 또 약속을 잡을 수 있을지 몰랐으니까요. 개미가 아예 약속을 취소하고, 그냥 다음에 다시 보자는 기약 없는 약속을 할까 봐 걱정됐거든요.

개미의 답장을 기다리는 1분은 베짱이에겐 1시간 같았고, 개미와 함께 있는 1분은 베짱이에겐 1년보다 더 소중한 시간이었어요.

보고 있어도 보고 싶은 사람,

함께 있어도 그리운 사람, 그 사람이 개미예요.

하지만 좋은 감정만 있었던 것은 아니었어요. 만일 개미가 인사를 반갑게 맞아 주지 않거나 혹은 다른 사람과 함께 있는 걸 보게 되면 그날은 온종일 기분이 좋지 않기도 했어요. 맑은 하늘이 이상하게 어둡게 보이기도 한걸요. 심지어 다른 사람과 놀러 가는 것도 아니고 일 때문에 만나 대화를 나누는 개미를 보면 질투가 나고 배가 아팠어요. 내 SNS 게시물에는 하트를 눌러 주지 않았으면서 다른 사람의 게시물에는 하트를 눌러 주는 것을 보면 속상하기도 했고, 특정 사람들만 게시물을 볼 수 있게 해 주는 '친한 친구' 목록에 자기가 들어있지 않다는 사실을 알게 되었을 때는 기분이 썩 좋지 않기도 했어요. 머리로는 이런 생각을 하는 자기가 잘못됐음을 알았지만 그래도 속상한 마음이 드는 건 어쩔 수 없었어요.

같이 약속이라도 잡고 싶었는데 한동안은 할 일이 많아 바빠서 약속을 못 잡겠다며 거절했던 개미의 SNS에 다른 사람들과 함께 밥도 먹고 놀러 다니는 사진이 올라올 때도 질투가 났어요.

"바빠서 약속 잡을 시간 없다고 했으면서……."

개미가 베짱이의 문자에는 빨리 답장을 안 하면서, 함께 있는 단톡방에는 문자를 보내는 것을 봤을 땐 개미가 자기를 귀찮게 여기는 같아 걱정되기도 하고 속상하기도 했어요. 개미를 행복하고 즐겁게 해 주는 사람이 되고 싶었는데 반대로 힘들고 귀찮게 하는 사람이 된 것 같아서 미안하기도 했고요.

이상하게 베짱이는 개미가 자신을 싫어하는 것 같다고 생각하기도 했어요. 물론 개미는 베짱이를 전혀 싫어하지 않았어요! 개미에게는 베짱이도 아주 소중하고 좋은 친구였으니까요. 하지만 왜 그럴까요? 베짱이는 종종 개미가 자신을 싫어하는 거 아닐까 하는 생각이 들곤 한걸요. 가까이 다가갈수록 개미는 멀리 도망가는 것 같다는 느낌을 받곤 했으니까요.

이 정도면 베짱이, 중증이 확실해요.

이런 베짱이의 마음은 마치 집을 짓는 것만 같았어요. 열심히 벽돌을 하나씩 나르고 날라서 집이 완성되어 갈 때쯤, 개미가 자기에게 관심이 없는 것을 깨달으면 그 집이 허무하게 다 무너져 버리는 거예요. 하지만 그렇게 너무 힘들고 피곤하지만, 이내 다시 벽돌을 차곡차곡 쌓는 자기의 모습을 보게 되는 거예요.

자기가 그녀에게 가는 거리와 그녀가 자기에게 오는 거리가 다르다는 것을 알게 될 때마다 속상함을 느꼈어요.

혼자 좋아했다가 혼자 포기하고, 혼자 기뻐했다가 혼자 우울해하고. 이런 베짱이의 마음을 개미는 전혀 모를 거예요. 베짱이도 이런 자신을 이상하게 생각했지만, 개미의 의미 없는 작은 행동이 베짱이를 이렇게나 혼란스럽게 만들고 있음을 개미는 전혀 모를 거라는 사실이 베짱이를 더 힘들게 했어요.

그런데 베짱이는 개미에게 왜 빨리 마음을 고백하지 않았느냐고요? 왜냐하면, 개미는 너무 빛났고 자기는 너무 못났으니까요! 개미를 좋아하는 마음이 커지면 커질수록 베짱이의 자신감은 반대로 더욱 떨어져 갔어요. 개미는 저렇게 대단하고 멋있는 사람인데 자기는 아무것도 아닌 것 같았거든요. 그래서 개미 앞에만 서면 자기가 너무 작고 초라하게 느껴졌어요.

개미의 짝은 내가 아니라는 것을 알았지만 포기할 수는 없었어요. 내 마음을 피해 어디로 갈 수 있을까요? 나 자신이 따라오지 못하도록 도망칠 피난처가 그 어디에 있을까요?

하지만 동시에 베짱이는 만일 자기가 개미를 좋아하지 않았더라면 편하게 좋은 친구로 지낼 수 있었을 텐데, 이렇게 마음고생 하며 힘들어하지 않아도 됐을 텐데, 생각하며 개미를 좋아하는 자기의 마음도 너무나 미웠어요.

그렇게 마음만 깊어져 가던 어느 날, 베짱이는 용기를 내어 개미에게 마음을 전하기로 했어요. 그래서 좋은 식당을 찾아보고, 마음을 전할 여러 방법을 모색해 봤어요. 모든 준비가 되고 결전의 날이 다가오자 베짱이는 드디어 개미와 식사 약속을 잡으려고 했어요.

하지만 개미는 베짱이와의 식사 약속을 거절하는 거예요! 감기와

사랑은 숨기지 못한다고 한 것처럼, 베짱이는 자기의 마음을 꼭꼭 숨기려고 했지만 사실 개미는 베짱이가 자기에게 마음을 품고 있다는 사실을 어렴풋이 알고 있었으니까요. 이번 약속 자리에서 베짱이가 무언가를 준비했을 것이라는 사실도 어렴풋이 알고 있었어요. 그래서 개미는 베짱이에게 말했어요.

"나는 너를 그렇게 본 적 없어. 그리고 나는 누구와도 만날 생각이 없어. 네가 싫어서 그러건 아니야. 네가 못난 사람이라서 그런 것도 아니야. 나는 지금 내 삶에 충실해지고 싶어서 그래."

베짱이도 일이 이렇게 될 것이라고 예상했어요. 자기 같은 사람이 감히 개미를 만나려 하다니! 어림도 없는 소리였어요. 그래도 개미의 대답을 직접 들으니 너무 큰 상심이 되었는걸요. 식당 예약을 취소하고 집에 터벅터벅 걸어오는 길이 얼마나 어둡고 쓸쓸했나 몰라요.

그런데 정말 베짱이를 좌절하게 만든 일은, 이 일이 있고 몇 주가 지나지 않아서 개미에게 정말 멋있는 애인이 생겼다는 거였어요. 바로 개미와 매미가 사귀기 시작했다는 소식을 들었어요. 자기와는 비교도 안 될 정도로 멋있는 사람, 개미처럼 빛나던 사람, 매미를요…….

그날부터 베짱이는 매미를 얼마나 미워했나 몰라요. 며칠을 잠도 제대로 자지 못하고 밥도 전혀 먹지 못했어요. 그리고 매미와 자기를 비교할 때마다 자신감이 계속 떨어졌어요. 자기는 넘지 못한 선을 매미는 넘었으니까요. 자기는 개미의 마음을 얻기 위해서 오랜 시간 노력했는데도 얻지 못했는데 매미는 너무 쉽고 간단하게 마음을 얻은 것 같았으니까요! 자기가 매미보다 열등하고 모자란 사람이라서 개미의 마음을 얻지 못했다는 생각이 자꾸만 들어서 베짱이는 자신을 얼마나 한심하게 생각했나 몰라요.

베짱이는 이 일에 자극을 받아 운동도 하고 공부도 더 열심히 하며 멋진 사람이 되려고 했어요. 하지만 왠지 모르게 문득문득 개미와 매미 커플이 떠올랐어요. 둘의 그림자에 자기가 가려진 것처럼요…….

개미를 잊으려면 개미에게 걸어갔던 만큼 다시 돌아와야 하는데, 도대체 얼마나 걸어야 개미를 만나기 전으로 돌아갈 수 있을까요?

시간이 얼마나 흘렀을까요? 그동안 베짱이는 자기를 좋아해 주며 관심을 가지는 여러 많은 사람도 만나 봤지만, 아직도 개미의 그늘을 벗어나지 못했어요. 새로운 사람을 만날 때마다 자꾸만 이 사람을 개미와 비교하게 되었어요. 그리고 아무리 훌륭한 사람이라고 할지라도 또, 아무리 개미와 닮은 사람이라도 이 사람은 결국 개미가 아니라는 사실을 깨달으며 번번이 마음이 식어 버렸거든요. 아직도 베짱이는 개미를 잊지 못하고 있었어요.

실연의 상처를 겪은 사람들은 마약 중독자들이 마약을 끊었을 때 일어나는 현상과 같은 일이 뇌에서 일어난대요. 실연의 상처를 극복하는 일은 마약 중독자들이 그 마약을 끊는 일만큼 고통스럽고 어려운 일이라고 해요. 게다가 그 사람들은 마약을 다시 할 수라도 있지, 자기는 어떻게 해서도 이 고통을 멈출 수 없는걸요.

베짱이는 개미가 너무 좋아서, 개미가 너무 미웠어요. 제일 좋은 사람도 개미였지만 제일 미운 사람도 개미였어요. 그래서 삶에서 가장 행복한 일이 개미를 만난 일이었지만, 제일 슬픈 일도 개미를 만난 일이었어요! '마음이 이렇게 아프게 될 줄 알았더라면, 차라리 개미를 만나지 않았으면 더 좋았을걸.' 하고 생각하기도 했어요.

베짱이도 개미를 정말 좋아했는데 왜 그 마음은 받아 주지 않았을까요? '나도 정말 대단하고 가치 있는 사람인데⋯⋯. 고작 한 사람이 내 삶을 힘들고 아프게 만들다니!' 베짱이는 자기 자신도 이해가 안 되지만 개미가 정말 미웠어요.

그로부터 몇 년이 지났을까요? 어느 날 개미에게 한번 만나자고 연락이 왔어요. 가끔 연락은 하고 지냈지만, 그날 이후로 다신 볼 일이 없을 줄 알았던 개미를 다시 보게 되는 날이 오다니! 베짱이는 어릴 적 했던 것처럼 달력에 약속 날짜를 적어 두고 너무 설레서 잠을 설칠 정도였어요. 그 오랜 시간 동안 베짱이는 개미가 너무 보고 싶어서 죽을 지경이었으니까요. 한 번만 만나 달라고 자존심을 다 버리고 애원하고 싶을 정도였으니까요!

베짱이는 지금의 자기라면 어쩌면 개미의 마음을 얻을 수 있을지도 모른다고 생각했어요. 그간 베짱이도 더 멋있는 사람이 되었으니까요.

이제는 둘 다 성숙해진 개미와 베짱이. 어린 시절을 지나 이제는 둘 다 많은 경험을 하고 만난 두 사람. 베짱이가 이전보다 더 멋있는 사람이 된 것처럼 개미도 예전보다 더 이쁘고 좋은 사람이 되었어요.

그런데 왜일까요? 베짱이는 개미와 함께 있어도 어린 시절만큼 행복하거나 설레지 않았어요. 생각했던 것만큼 긴장되거나, 개미가 예뻐 보이지 않았어요. 상상해 왔던 것처럼, 개미가 완벽하게 보이지 않았는걸요.

지난 오랜 시간 동안 베짱이의 머릿속에서 개미는 마치 소설 속의 인물처럼 손에 잡을 수 없이 멀리 있는 사람이었는데, 실제로 보니 그렇지 않은 거 있죠?

콩깍지가 벗겨져서 그런 것이었을까요? 개미와 함께 있는 시간이 그저 편하고 무덤덤하게 받아들여졌어요. 오랫동안 마음속에 품고 살아왔던 사람이 그저 그냥…… 그랬어요!

개미가 예쁜 건 여전했지만, 그렇다고 세상에 개미만큼 예쁜 사람이 또 없는 건 아니었어요. 개미가 착하고 배려심 넘치는 사람인 건 맞았지만, 그만한 사람은 또 세상에 많았는걸요. 개미를 다시 보기 전까지 개미를 천사 같은 존재로 우상화하고 있었다는 사실을 깨달았어요. 사실 개미가 어떤 사람인지도 제대로 모르면서도 말이에요!

"개미도 그냥 평범한 사람이구나."

개미와 함께 있는 시간은 정말 행복하긴 했지만, 또 대화를 해 보니 잘 맞지는 않는 것 같다는 생각이 들었어요. 개미의 말은 생각보다 재미없었고, 또 베짱이의 말도 개미의 흥미를 돋우거나 웃게 해 주지 않았으니까요.

"어차피 우리가 사귀었어도 오래가지 못했을 거야. 개미는 참 좋은 사람이지만 나와는 잘 맞지 않는 사람인가 봐. 어렸을 때는 이걸 왜 몰랐을까?"

베짱이는 그날 오랜 시간 자신을 괴롭혀 왔던 개미의 그늘에서 벗어나 이제는 자기의 삶을 만들어 나갈 수 있게 되었어요. 사실은 개미가 그렇게 애절하게 매달려야 할 그런 사람이 아니라는 것 그리고 자기도 그렇게 한심한 사람이 아니라는 것을 깨달으면서 말이에요.

그래도 베짱이는 개미에게 고마운 점은 남아 있었어요. 베짱이가 개미를 좋아했던 마음이 개미를 좋아할 때나, 차인 이후에나 베짱이를 따라다니며 더 좋은 사람이 될 수 있도록 이끌어 주었고, 베짱이가 성장하는 데 한몫했으니까요. 개미를 만나고 나서 사랑이 무엇인지, 설렘이 무엇인지 느낄 수 있었으니까요!

이제야 비로소 베짱이는 개미를 저 높은 곳의 닿을 수 없는 존재로서 열망하고 원하는 것이 아니라, 바로 내 옆에 있는 소중한 친구로서 대할 수 있었어요. 개미의 마음을 얻으려고 애쓰고 잘 보이려고 노력하는 게 아니라 정말 마음을 터놓고 서로에게 의지가 될 수 있는 소중한 친구가 되었어요. 그리고 정말로 사랑한다면, 꼭 그 사람을 가져야만 하는 것이 아니라는 것도 깨달으면서 말이에요.

진짜 자기의 짝은

다른 곳에 있었는데 말이에요!

(그리고 사실 베짱이는 지금 만나고 있는 여자친구인 나비를 더 좋아해요. 개미에게는 비밀이니까 꼭 지켜 주세요! 베짱이가 "그때 개미랑 잘돼서 나비를 못 만났으면 정말 큰일 날 뻔했다니까. 개미가 도대체 어디가 예쁘다고 내가 그렇게 매달렸지? 아니, 내가 더 능력 있고 더 잘생긴 사람인데도 별 볼 일 없는 사람한테 인정받고 싶어서 괜히 맘고생 했네."라고 하는 거 있죠?

개미만 한 사람은 세상에 또 없을 거라고, 자기는 결혼 안 할 거라고 개미에게 차인 날 온종일 엉엉 울어댔던 일은 이제 기억도 안 나 봐요. 진짜 자기 짝은 다른 곳에 있었는데 말이에요!

다시는 내 인생에 이만큼 좋은 사람이 나타나지 않을까 봐 걱정이라면, 그 걱정을 빨리 버리시면 좋겠어요. 이제 자신을 학대하는 일은 그만두세요. 그 사람보다 더 좋은 사람이 분명 당신을 위하여 어딘가에서 준비 중일 테니까요. 그러니까 오히려 "이 사람보다 더 좋은 사람이 있다고?" 하며 기대하는 마음으로 하늘이 정해 둔 사람들 기다리시길 바라요.

혹시 나만 실연의 상처 때문에 힘들어하고 있다는 생각이 든다면, 우리 모두 다 상처투성이라는 사실을 기억해 주세요. 당신의 그 아픔을 똑같이 겪고 있는 사람들이 생각보다 많거든요. 이 사실이 당신에게 위로가 되면 좋겠어요. 우리 모두 힘내요!

언젠가는 다들 좋은 인연을 만나고, 지금의 힘든 시간을 되돌아보면서 아무렇지 않게 미소 지을 수 있는 날이 오기를 진심으로 바랍니다.)

미워서 잊을 수 없는 사람도 있고
미워서 잊고 싶은 사람도 있는 것처럼

좋아서 잊을 수 없는 사람도 있고
좋아서 잊고 싶은 사람도 있다.

잘 몰랐을 뿐이야

"앙코르! 앙코르!"

베짱이는 세상에서 제일가는 음악가였어요. 어디든지 베짱이가 공연하는 곳이면 사람들이 몰려들었지요. 전구 하면 에디슨, 컴퓨터 하면 빌 게이츠가 생각나는 것처럼, 음악 하면 모든 사람이 베짱이를 떠올릴 정도였어요. 그리고 유명세에는 돈이 쌓이듯, 베짱이는 아주 부유한 부자가 되었어요. 그런 베짱이는 집에 많은 음식을 쌓아 놓고 세상을 돌아다니며 공연을 했지요.

그러던 어느 눈이 오는 날이었어요. 베짱이는 집까지 가는 길이 막힐까 싶어서 공연을 빨리 끝내려고 했지만, 오늘따라 사람들의 반응이 너무 좋은 거예요. 계속되는 앙코르 요청에 베짱이는 조금 무리해서 공연을 오래 끌었어요.

늦은 밤 공연이 끝나고 피곤한 몸을 이끌고 집으로 터벅터벅 걸어가던 베짱이는 자기의 집에 도착하고는 깜짝 놀라 뒷걸음질 칠 수밖에 없었어요. 왜냐하면, 자기의 집이 밤새 내린 눈에 모두 묻혀 있었기 때문이에요.

베짱이는 깜짝 놀라 눈을 파헤치기 시작했어요. 그러나 이미 자기가 쌓아 온 모든 재산인 음식이 전부 얼어서 먹을 수가 없게 되었는걸요. 그래서 베짱이는 망연자실하고 말았어요.

베짱이는 겨울이 되면 눈이 온다는 사실을 몰랐어요. 아무도 베짱이에게 가르쳐 주지 않았거든요. 아니, 어쩌면 누군가가 말해 줬을지도 몰라요. 곧 겨울이 오면 큰일이 날 테니 준비해야 한다고요. 그러나 베짱이는 그 말을 믿지 못했어요. 베짱이는 겨울을 맞아 본 적도 없을뿐더러 눈이 내린다는 사실조차 말도 안 된다고 생각했거든요. 그래서 베짱이는 누군가 그런 말을 해 줄 때마다 별일 아니라고 치부했어요.

이렇게 베짱이는 남들이 다 아는 사실을 잘 모르고 살았어요. 왜냐하면, 다른 사람들은 당연히 부모의 사랑 안에서 배워야 할 것들을 배우지 못했거든요. 베짱이의 부모님은 화도 잘 내고, 베짱이의 마음을 잘 헤아려 주지 못하는 미숙한 부모였거든요. 사랑이 필요할 때 사랑을 주지 못했고 훈계가 필요할 때 감정적으로 행동하는 부모였거든요.

홀짝홀짝 베짱이가 물을 마시는 모습이 마음에 안 들면 컵을 뺏어 벽에 던져 버리기도 하고, 밤에 잠이 잘 오지 않아 뒤척이는 날에는 잠을 자지 않는다는 이유로 맞아야 했어요. 만일 잘못이라도 해서 선생님이 부모님께 전화라도 하는 날에는 부모님은 베짱이를 낳은 것이 후회된다고, 베짱이를 낳지 말았어야 했다고 말하기도 했어요. 그럴 때마다 어린 베짱이는 부모에게 잘못이 있는 것이 아니라 자기가 잘못해서 혼나는 거라고 생각했어요.

그렇게 베짱이는 점점 자기가 사랑받을 만한 존재가 아니라고 생각하며 커 갔어요. 그래서 다른 사람과의 관계도 소극적으로 변해 갔어요. 이런 마음속에 품은 상처는 드문드문 튀어나와 베짱이를 괴롭

혔고 또한 어린 시절의 상처를 떠올리게 하는 일을 겪게 되면 굉장히 예민해지면서 공격적으로 행동했어요.

누군가 베짱이의 선택이나 결정에 더 좋은 조언을 주거나 혹은 베짱이를 도와주려고 하면 그 사람을 의심하게 되었어요.

"저 사람은 내 선택이 잘못됐다고 생각하는구나! 나를 쓸모없는 사람으로 여기는 게 분명해!"

좋아하던 여자애에게 고백하던 날, 그녀가 마음을 받아 주지 않자 어린 시절 어머니에게 받지 못했던 사랑이 자꾸만 떠올라서였을까요?

그녀에게 화를 내며 소리치고 말았어요. 그러다 만일 어쩌다가 연애라도 하게 되면, 마치 어린아이처럼 앙탈을 부리고 애교를 부리고 싶어졌어요. 베짱이는 이미 성인이 되었지만, 어린 시절에는 아무에게도 어리광을 부릴 수 없었는걸요. 동시에 혹시 이 사람이 나를 떠나가지 않을까, 내 행동이 혹 미움을 사게 되지 않을까 계속해서 노심초사하면서도 말이에요. 그래서 가끔 애인에게 집착하는 행동을 보이곤 했어요.

다른 사람들은 베짱이를 대접하기 어려운 이상한 사람이라고 생각했어요. 그래서 사람들은 베짱이와 함께하기를 은근히 싫어했고 가끔은 베짱이를 일부러 소외시키기도 했어요. 이렇게 어린 시절의 상처는 계속해서 다른 상처들을 만들어 갔고, 그렇게 베짱이 마음속의 상처는 나을 기미가 보이지 않았어요.

어른이 된 베짱이는 겉으로 보기에는 정상적이고 건실한 청년으로 자란 것처럼 보였어요. 심지어 베짱이도 자기 정도면 멋있는 사람이라고 생각할 정도였으니까요. 하지만 베짱이 마음속에 남아 있는, 베짱이조차 기억하지 않는 어린 시절의 상처들은 계속 베짱이를 따라다니면서 어른이 된 베짱이가 잘못된 행동을 하도록 만들었어요.

또한, 항상 소극적으로 행동하며 사람들과 어울리지 못했으니, 남들과 어울리며 으레 배웠을 만한 예절을 배울 수나 있었겠어요?

다른 사람의 집에 놀러 가면 함부로 침대에 누우면 안 된다는 것, 식당에서 젓가락을 놓을 때는 짝을 맞춰서 놔두어야 한다는 것, 다른 사람의 흉터를 보고 놀리면 안 된다는 것들처럼 당연히 알아야 할 것을 알지 못했어요.

그런 베짱이를 보면서 다른 사람들은 가정교육을 못 받았네, 성격이 매우 나쁘네, 뭐네 안 좋은 이야기를 많이 했어요. 베짱이는 그럴 때마다 미안하기도 했지만, 뭐가 잘못인지 잘 몰랐어요. 왜냐하면, 그런 걸 배운 적이 없는걸요.

베짱이도 나름 남들에게 좋은 사람이 되고 싶었고 친절하게 대해 주고 싶었어요. 하지만 베짱이가 친밀감의 표시라고 하는 것들은 때로는 남에게 상처를 주고 오히려 다른 사람들을 밀어내곤 한걸요. 다른 사람들은 베짱이와 함께 있으면 피곤해지고 짜증 나게 된다고 생각했어요.

그래요, 베짱이는 이런 사람이었어요. 하지만 베짱이도 이런 자기가 싫었는걸요.

겨울을 준비해야 한다는 주변 사람들의 조언도 베짱이는 전혀 믿지 못했을 뿐 아니라, 사람들이 자기를 무시하기 위해 하는 말이라고 받아들였어요. 그래서 그런 말을 하는 사람들에게 소리치며 화냈어요.

다른 사람들은 베짱이가 겨울을 준비하지 않는 것을 보면서도 베짱이가 게을러서 그렇다고, 교육을 잘 못 받아서 그렇다고 수군거리곤 했어요. 베짱이 마음속의 상처도 모르고 보이는 데로 판단한 거예요.

"이런 상식도 모르다니! 도대체 부모가 어떤 사람인지……. 나중에 큰일을 겪어도 도와주지 않을 거야!"

다른 사람들은 이렇게 생각하며 베짱이를 배척했어요. 남에게 상처만 주는 사람은 한 번쯤 혼쭐나 봐야 한다고 생각했어요. 누군가는 악역을 맡아야 한다고 생각한 거예요.

희망을 잃고 얼음 바닥에 주저앉아 있는 베짱이에게 갑자기 한 희망이 생각났어요. 모든 음식을 서로 나누며 돕고 산다는 개미!

"그 개미들에게 가면 어쩌면 나를 도와줄지도 몰라."

이렇게 생각하며 베짱이는 개미 네 집으로 무거운 발걸음을 터벅터벅 옮겼어요.

그러나 개미들은 매섭게 베짱이를 몰아붙였어요.

"여기는 자본주의 사회다. 내가 번 것은 내가 쓰고, 네가 번 것은 네가 쓴다. 그런데 너는 어째서 내가 번 것을 너를 위하여 쓰라고 하느냐?"

개미들도 베짱이를 도와주고 싶지 않았던 거예요. 도와주려고 해도 소리만 치고 때로는 상처를 주었던 베짱이를 개미들은 다 싫어했거든요.

"네가 준비하지 않았으니까, 네 실수니까 다 네가 감당하라!"

두 마리의 병정개미는 소리치며 베짱이를 내쫓았어요.

베짱이는 그런 개미들의 말에 아무런 반박을 할 수가 없었어요. 자기가 준비하지 않은 게 맞았으니까요. 자기가 못난 게 맞았으니까요. 그리고 다른 사람에게 자선을 강요할 수는 없잖아요? 나를 이해해 달라고 강제할 수는 없잖아요? 하지만 베짱이도 억울한 면은 있었어요.

"나는 잘 몰랐을 뿐이야……. 나도 이런 내가 싫은걸……."

베짱이는 홀로 어려운 겨울을 보내야만 했어요. 누군가가 자기의 실수를 안아 줬으면 좋겠다고 생각했지만, 베짱이에게 그렇게 대해 주는 사람은 아무도 없었어요.

그러나 남을 도와주지 않는 저 개미의 발언을 보아, 튼튼해 보이는 저 개미의 집도 오래갈 수 있을까요?

만일 우리의 주변에 어려움을 겪고 있는 사람에게 그것이 다 너의 책임이니 스스로 감수하라고 말한다면, 애인과 헤어진 친구에게 네가 잘못 행동해서 그런 것이라고, 소외를 당하는 친구에게 네가 못돼서 그런 것이니 다 네 잘못이라고 말한다면, 언젠가 그 비난의 화살이 우리를 향하게 될지도 몰라요.

주변에 가정교육을 잘 못 받은 것 같이 예의 없이 행동하는 사람이 있나요? 그러면 가정교육을 잘 받은 당신이 그를 이끌어 주세요. 사랑이 부족한 사람이 있나요? 그러면 사랑을 많이 받은 당신이 그에게 사랑을 주세요. 그럼 베짱이는 그 은혜를 절대 잊지 못하고, 당신을 누구보다 위하는 친구가 되어 줄 거예요.

사람의 마음을 얻는 것은 많이 어렵지 않아요.

군대 간 친구 편지 한 통 써 주기

맛있는 과자 한 입 나눠 주기

사람이 바라는 것은 동정 어린 작은 사랑뿐이에요.

전쟁터에서 왕에게 바친 한 모금의 작은 물이

전쟁 후에 황금이 되어 돌아오듯

그 사람도 당신의 행복을 바라는

귀중한 친구가 될 거예요.

#2

개미도 할 말이 있다

하지만 개미를 너무 나쁘게 보지 말아 주세요.

개미에게도 개미만의 사연이 있었거든요.

한심하게 보이고 싶지 않았어

개미는 힘든 가정에서 자랐어요. 일찍 아버지를 여의고 아픈 어머니와 동생들을 책임져야 했거든요. 학교가 끝나면 바로 공사장으로 가서 일해야만 했어요. 개미는 누구보다 열심히 살았지만, 학교에서도 일터에서도 좋은 평가를 받지는 못했어요. 두 가지의 일을 병행하는 것은 너무 힘든 일이었거든요.

학교를 졸업하고 개미는 바로 일을 해야만 했어요. 다행히 금방 직장을 구할 수 있었어요. 비록 대기업도 아니었고 고수익도 아니었지만, 꾸준히 일할 수 있다는 사실에 개미는 안도했어요.

하지만 개미가 버는 돈은 모조리 가족들을 위해 써야만 했어요. 아픈 어머니는 계속 부양해야 했고 어린 동생들도 학교를 졸업하려면 돈이 필요했거든요. 그래서 월급을 받으면 그날 돈이 다 나가 버렸어요.

개미는 자기의 신세를 한탄하기도 했어요. 나도 다른 친구들처럼 맛있는 것도 먹고, 여행도 다니고, 예쁜 옷도 사 입고 싶었는걸요. 하지만 그럴 수 없었어요. 대신 매일 저녁은 컵라면으로 때워야 했고 친구들이 여행 가자고 할 때는 이런저런 핑계를 대며 빠질 수밖에 없었어요. 버는 돈보다 쓰는 돈이 더 많아, 매달 카드 대금은 밀리고 소액 대출을 꾸준히 받아야 했으니까요.

개미는 대체 언제까지 이렇게 살아야 하는지 걱정하기도 했어요. 오늘 일한다고 해서 내일 삶이 더 나아질 거란 보장이 없었거든요. 올 한 해를 열심히 일한다고 내년에는 사정이 더 나아질 것이란 희망이 없었거든요. 그래서 개미는 이렇게 사는 삶은 의미가 없다고도 생각했어요. 그래서 삶을 포기하고 싶다고도 생각했어요. 하지만 절대 포기할 수는 없었어요. 왜냐하면, 자기가 계속 일해야만 가족들을 부양할 수 있었기 때문이었어요. 만일 자기가 없다면 가족들은 아주 힘들어질 거예요.

월급을 받으면 그날 돈이 다
나가 버렸어요

그런 개미는 가끔 가족들이 아주 미울 때도 있었어요. 가족들만 아니었으면 나도 편하고 행복하게 살 수 있을 텐데! 하지만 그렇다고 가족들을 버릴 순 없었어요. 어려운 환경 속에서도 자기를 낳아 주고 키워 주신 어머니를 버리는 일은 짐승도 하지 않을 일이었고, 힘없는 동생들을 방치하는 일도 양심이 허용하지 않았으니까요.

그러던 어느 날 베짱이에게 연락이 왔어요. 베짱이는 학교에서 제일 잘나갔던 친구예요. 모두가 다 베짱이를 좋아해요. 베짱이는 잘생겼고, 공부도 잘했어요. 자기와는 다르게 서울의 좋은 대학교를 졸업하고는 미국에서 유학까지 하고 왔대요. 그 후로는 대기업에 입사했다고 들었어요. 개미와 베짱이는 전혀 다른 세상에서 살았어요.

"그런 베짱이가 왜 나를 보자고 그럴까?"

개미는 불안하기도 했지만, 그런 베짱이 앞에서 한심하게 보이고 싶지 않았어요. 잘나가는 친구 앞에서 자기도 꿀리고 싶지 않았거든요. 그래서 개미는 가지고 있는 옷 중에서 제일 좋은 옷을 입고 지갑에 현금을 잔뜩 뽑아서 베짱이를 만나러 나갔어요. 직장 동료에게 좋은 차를 빌리고 비싼 돈을 주고 대여해서 고급 시계도 차고 나갔지요. 이 정도면 베짱이가 얕잡아보지 않겠죠?

좋은 식당에 앉아 베짱이와 그간 어떻게 살았는지 얘기를 나눴어요. 베짱이는 이렇게 말했어요.

"나는 고등학교 졸업 후 ○○대학교에 수석으로 입학했어! 그 다음에는 미국에 있는 ○○대학원 연구실에서 일하게 되었는데…….

…내가 러시아에 출장 갔을 때 유명인 만났던 이야기는 했지? 우리 같이 사진도 찍고 전화번호도 교환했어…….

…그렇게 나는 회사를 그만두고 꿈을 찾아 사업을 시작했지! 사업은 금방 성장해서 상장기업이 되었어!"

역시 베짱이는 대단한 일만 하고 산 것 같아요. 베짱이의 이야기가 얼마나 소설 속의 이야기 같은지, 개미는 너무 놀라 넋을 놓고 베짱이의 이야기에 집중했어요. 동시에 베짱이가 부러웠어요. 자기는 평생 해 보지 못할 경험을 잔뜩 하면서 살았으니까요. 자기는 힘든 일만 하며 겨우겨우 살아왔는데…….

이제 베짱이가 말을 마치고 개미에게 요즘 잘 살고 있냐고 물어봤어요. 개미는 베짱이에게 꿀리지 않아 보이기 위해서 힘껏 자랑했어요.

"나는 오랫동안 다닌 회사에서 인정받아 승진하게 되었어! 집도 더 큰 집으로 이사 갔고, 이번 달엔 새 차도 샀어! 이제 돈도 많이 벌어 놔서, 이제는 돈을 더 벌 필요도 없을 것 같아. 나도 너처럼 유학이나 다녀올까 봐!"

하며 지폐로 가득 찬 지갑을 자랑했어요. 사실 반은 거짓말이에요. 삶이 예전보다 조금 나아진 것은 맞지만, 아직도 궁핍한 건 사실이었거든요. 저축한 돈도 거의 없었어요. 차도 자기 것이 아니었는걸요, 뭘.

그러자 베짱이가 우물쭈물하더니 떨리는 목소리로 돈을 빌려 달라고 했어요.

"개미는 잘살고 있구나……. 개미야, 그러면 혹시 돈을 좀 빌려줄 수 있겠니? 내가 큰일을 겪어서……. 이 은혜는 꼭 갚을 게……. 나 한 번만 믿어 줘……."

개미는 순간 자기가 실수했음을 깨달았어요. 개미도 베짱이를 도와주고 싶었지만 사실 개미한테는 빌려줄 돈이 전혀 없었거든요. 개미는 그저 베짱이한테 꿀리고 싶지 않았을 뿐이에요. '솔직하게 말할까?' 하고 고민하기도 했지만, 개미는 자존심을 굽힐 수 없었어요. 지금까지 자랑한 모든 게 다 거짓말이었다고, 사실은 나는 지금 아무 보잘것없다고 사실대로 말하는 일은 부끄러웠고 자존심이 허락하지 않았거든요. 이것을 자기의 입으로 말하는 것은 본인이 한심하다는 것을 스스로 인정하는 것 같았거든요. 그래도 나는 열심히 살아왔다는 개미 자기의 마지막 자존심을 무너트리는 일이었으니까요.

"네 잘난 능력으로 스스로 돈을 벌면 되지 뭐 하러 나한테 빌리러 와! 오늘 술은 내가 살 테니 술이나 잔뜩 마시고 그냥 가거라."

개미는 베짱이에게 화를 내는 시늉을 했어요.

둘 사이에 정적이 흐르고 베짱이는 아무 말 없이 술만 마셨어요. 개미는 잔뜩 취한 베짱이를 택시에 태우고 기사 아저씨께 택시비라며 돈을 쥐여주고 떠나려 할 때, 베짱이가 울 듯 말 듯 말했어요.

"나쁜 개미야! 잘살면서 나 한번 도와주는 게 뭐가 그렇게 힘들다고……."

개미는 아무 말도 할 수 없었어요. 그저 베짱이가 탄 택시가 떠나는 뒷모습을 묵묵히 바라볼 뿐이었어요.

개미는 한 발자국도 움직일 수가 없었어요. 한심하게 안 보이려고 있는 힘껏 노력했지만, 지금이 자기가 가장 한심하게 보이는 순간이었거든요.

"그깟 자존심이 뭐라고……."

개미는 베짱이에게 너무 미안해서 집에 돌아가 무능력한 자기를 한탄하며 엉엉 울었어요.

지금 아무리 힘들다 해도

미래를 포기하지는 마세요.

언젠가는 지금의 어려운 날들이

추억처럼 느껴지고 경험으로 받아들여질

그런 날이 올 테니까요.

어려우면 어려울수록

성공의 기쁨이 더 달 테니까요.

마음 주기가 무서웠어

늦은 밤 집 앞의 골목길 가로등 아래에서

개미는 매미의 통보를 받아들일 수 없었어요.

둘이 함께 한 시간이 얼마인데…….

헤어지자는 말은 둘 사이의 모든 추억을 없던 일로 하자는 말이었

으니까요. 둘이 약속했던 미래를 없는 일로 하자는 말이었으니까요.

개미는 매미에게 따져 묻고 싶었어요.

"지금까지 제가 좋다고 한 말은 다 거짓말이었나요? 제가 예쁘다고 한 말은 그냥 해 본 말이었어요?"

그의 대답은 간결했어요.

"이젠 더는 사랑하지 않으니까."

그 말에 개미의 가슴에 비수가 꽂혔어요. 매미에게 따져 묻고 싶은 말이 너무 많아서 아무 말도 할 수 없었어요.

"제가 당신에게 가진 호감을 당신이 좋아하는 마음으로 키우셨잖아요. 그리고 그걸 당신이 사랑으로 만드셨잖아요. 그런데 그렇게 떠나 버리면 저는 어떻게 하라고요……."

매미가 떠난 골목길에서 가로등 옆에 홀로 주저앉아 개미는 얼마나 울었나 몰라요. 남자친구에게 잘 보이고 싶어서 이쁘게 꾸민 화장이 다 번질 만큼 개미는 슬프게 울었어요.

"이젠 더는 사랑하지 않으니까."

그를 사랑했던 그 마음의 크기가 그대로 상처로 변해서 자신을 찔렀으니까요. 사랑은 마냥 좋은 것인 줄만 알았는데, 그것이 상처를 가져올 줄은 몰랐거든요. 누군가에게 마음을 준다는 것은 상처받을 각오를 해야 한다는 것을 개미는 이제야 알았어요.

그리고 꾸준한 미움보다 신실하지 못한 사랑이 더 아프고 나쁜 것이라는 것을 개미는 마음 깊이 알게 되었어요.

"이럴 거였으면 내게 마음을 주지 말았어야지. 이럴 거였으면 내게 소중한 사람이 되지 말았어야지……."

한동안 개미가 얼마나 힘들었나 몰라요. 낮에 잠에서 깨어 일어나면 남자친구와 헤어졌던 일이 사실은 꿈이 아니었을까, 아직 우리의 관계가 멀쩡하지 않을까 기대했지만 이내 현실을 깨닫고 다시 우울해졌어요. 어디를 가나, 무엇을 먹으나 다 남자친구와의 기억이 떠올라서 괴로웠어요. 매미에게 빠지는 것은 순식간의 일이었는데, 거기서 빠져나오는 것은 왜 이리도 오래 걸리는 걸까요?

개미는 우리가 헤어질 수밖에 없는 이유를 설명해 달라고 한밤중에 전화를 걸어 따져 묻고는 그날 밤을 울음으로 지새우기도 했어요. 헤어졌다는 사실을 머리로는 알지만, 마음으로는 도저히 받아들일 수가 없어서 계속해서 헛된 미련을 품기도 했어요.

이전까지는 사랑은 삶의 축복이었는데 이제는 그 사랑이 저주가 되어 자신을 괴롭히는 것을 보면서 개미는 내가 지금껏 쏟았던 마음과 시간을 다시 돌려 달라고 누군가에게든지 따져 묻고 싶은 마음 한가득이었어요.

매미가 군대에서 복무하던 시절, 면회를 위해 아침 일찍 일어나 부산에서 강릉까지 온종일 버스를 타고 매미를 만나러 가는 길은 아주 고되고 긴 시간이었어요. 심지어 그렇게 가도 개미는 매미를 아주 짧은 시간밖에 보지 못했거든요. 그런데 신기하게도 그 매미와의 단 5분이 온 하루를 보상해 주는 것 같았어요! 얼마나 행복했는지 피곤한 걸 다 잊고는 싱글벙글 웃으며 다시 온종일 버스를 타고 부산으로 내려오곤 했어요. 그런데 이제는 자기의 그 순수하고 아름다웠던 사랑이 너무 안타까웠어요. 과거의 자기가 불쌍해졌어요. 자기의 어리고 예쁜 시절이 너무 아까웠어요. 그래서 누군가에게 보상을 받아내고 싶은 만큼 억울했어요.

이제 시간이 흘러 이별의 상처가 점차 아물고 그 기억이 사라져 갈 때쯤, 개미에게 관심을 보이는 새로운 사람이 생겼어요.

"저, 당신에게 관심이 많습니다. 한번 만나보시면 제가 얼마나 좋은 사람인지 보여 드릴게요."

이 베짱이 씨는 점잖고 묵묵히 자기 일만 하는 조용한 사람이었는데, 갑자기 한번 만나 보며 서로를 알아 가자고 마음을 고백하니 개미는 깜짝 놀라 눈이 휘둥그레졌어요. 원래 연애란 썸부터 타다가 슬금슬금 시작하는 게 국룰인데, 이 남자는 밀당을 전혀 모르나 봐요. 이런 단도직입적인 모습에 개미는 적잖이 당황했어요. 하지만 동시에 새로운 사람 한번 알아가 보는 것쯤 나쁘지 않겠다고 생각해서 개미는 베짱이의 제안을 승낙했어요.

첫사랑에 빠진 고등학생처럼

진솔한 사랑을 표현해 주는 거 있죠?

그런데 이 사람, 어른스럽고 점잖은 사람인 줄만 알았는데, 만나면 만날수록 마치 첫사랑에 빠진 고등학생처럼, 개미 앞에선 한없이 어린아이처럼 되어선, 진솔한 사랑을 끊임없이 표현해 주는 거 있죠? 매번 개미 앞에서 안절~ 부절~ 어쩔 줄 몰라 했어요. 남들 앞에선 항상 정숙하고 근엄했던 사람이 개미 앞에서는 사랑꾼이 되는 거예요.

개미는 베짱이의 모습이 귀여웠고 그런 사랑이 좋기도 했지만, 개미를 향한 베짱이의 진실한 사랑에 개미는 부담을 느꼈어요.

그 사랑을 받아 주기 어려웠거든요. 왜냐하면, 개미는 상처받게 될 것이 두려웠기 때문이에요. 베짱이의 사랑이 크면 클수록 그 마음이 식었을 때 개미가 받을 상처도 커질 것만 같았거든요.

"지금은 날 저렇게 사랑한다고 하지만, 저 마음이 언제 식을지 몰라. 그땐 날 떠나가겠지. 그러면 다시 나만 상처투성이가 되는 거야."

그래서 개미는 베짱이에게 쉽게 마음을 주지 않았어요. 함께 여행도 다니고 맛있는 것도 먹으러 다니면서 개미도 베짱이와 함께 있는 것이 즐겁고 또 그가 좋은 사람이라는 것을 느꼈지만, 항상 거리를 유지하면서 완전히 마음을 내어 주려고는 하지 않았어요.

그래서 베짱이는 개미에게 모든 것을 바쳐도, 개미는 그에게 소극적으로 대했어요. 베짱이는 개미를 위해 여러 번 식사를 대접하고 집도 소개해 줬지만, 개미는 베짱이에게 아무것도 공개하지 않았어요. 집도 보여주지 않았고 식사도 대접하지 않았어요. 나에 대해서 알려 주다 보면 언젠가 마음을 열게 되어 버릴 것 같았거든요.

그런 개미의 마음을 아는지 모르는지, 베짱이는 가끔 개미에게 속상할 때도 있었지만 그래도 개미의 마음을 얻기 위해서 열심이었어요.

베짱이와 만난 지 얼마나 되었을까 늦은 밤 베짱이가 개미를 집까지 바래다주었어요.

그날 좁은 골목길 가로등 아래에서 베짱이는 개미에게 앞으로 정식으로 만나 보자며 다시 한번 마음을 고백했어요.

"개미 씨, 저는 당신에게 확신을 느낍니다. 내 삶에 단 한 명의 동반자를 둘 수 있다면, 그 자리는 다른 사람이 아니라 당신을 위한 자리가 되었으면 좋겠습니다."

이런 베짱이의 고백에 개미는 내심 정말 기뻤어요. 그러나 개미는 이번에는 선뜻 대답하지 못했어요.

베짱이의 이번 질문에 대답한다는 건, 이제부터는 자기도 베짱이에게 마음을 열겠다는 말인 것을 개미는 알았거든요. 하지만 개미는 아직 마음을 열 준비가 안 되어 있는걸요…….

물론 개미도 베짱이가 마음에 안 드는 건 아니었어요! 베짱이는 참 멋있고 자신을 사랑해 주는 것이 확실하다는 걸 개미도 알았거든요. 베짱이가 보낸 한 통의 문자가 온종일 개미를 싱글벙글 웃게 만들어 주기도 했고요. 그런 베짱이가 개미도 참 좋았어요. 하지만 만일 그런 베짱이의 마음이 식고 결국 자신을 떠난다면, 이 상처를 개미는 자기가 감당할 수 없을 거라고 생각했어요.

좋아하기 때문에 결정을 내릴 수 없었던 거예요. 상처는 사랑하기 때문에 받는다는 사실을 뼈저리게 알고 있었으니까요.

개미는 천천히 입을 열었어요.

"저도 베짱이 씨가 참 좋아요. 또 베짱이 씨가 절 얼마나 아껴 주는지도 알아요. 하지만 시간이 지나고 그 불타오르는 사랑이 식은 뒤에 우리의 관계가 무너질 것이 두려워서 받아 줄 수가 없어요."

그러자 베짱이가 살짝 미소를 지으며 이렇게 대답하는 거 아니겠어요?

"저는 아직 제 사랑을 보여 준 적이 없어요."

개미는 이게 무슨 말인가 의아했어요. 지금까지 개미를 위해서라면 하늘의 별도 따다 줄 것처럼 행동했으면서 사랑을 보여 준 적이 없다니? 베짱이는 의아해하는 개미 앞에 말을 이어 나갔어요.

"맞아요, 감정은 시간이 지나면 없어지는 거예요. 제 마음도 언젠가는 식을지도 몰라요. 그대를 볼 때마다 콩닥콩닥 뛰는 제 심장도, 앞에 서면 붉어지는 제 얼굴도 언젠가는 다 사라질지도 몰라요. 하지만 사랑은 감정이 아니에요.

사랑을 맹세한다는 건, 당신보다 더 예쁜 사람이 나타나도, 내 어린 시절의 첫사랑이 돌아와도, 당신이 미모를 잃고 직업을 잃고 심지어 병이 생긴다고 해도, 평생 당신만을 위해 충실하게 살겠다는 맹세인 거예요.

그래서 진정한 사랑은 뜨거운 마음이 다 사라지고 난 다음에 보여 줄 수 있어요. 나라가 망한 이후에도 왕에게 충성을 바치는 장군처럼, 그대를 향한 제 불타는 마음이 다 식은 그다음에야 보여 줄 수 있어요. 그때 비로소 제가 그대에게 얼마나 충실한지 지켜보세요. 내 마음이 식고 우리 관계에 갈등이 생겼을 때, 그때도 제가 당신에게 어떻게 행동하는지 보세요. 그게 사랑이니까요! 나, 당신에게 그런 충실한 사랑을 맹세합니다."

개미는 베짱이의 이 말을 듣고 왈칵 눈물이 쏟아졌어요. 오랫동안 개미가 듣고 싶었던 말이 이런 말이었을지도 몰라요. 그래서 사실 베짱이에게 잘 보이고 싶은 마음에 한 듯 안 한 듯 예쁘게 꾸민 화장이 다 지워질 만큼 울었어요. 늦은 밤 골목길의 가로등 아래에서 베짱이 품에 안겨 얼마나 울었나 몰라요.

그날 이후로 개미도 베짱이에게 마음을 열었을까요? 그건 아무도 모르고 오직 개미만 알 거예요. 어쩌면 개미가 마음을 여는 데 시간이 더 필요할지도 몰라요. 하지만 확실한건, 시간이 흐르고 둘이 함께 걷는 길에 어려움이 생겼을 때, 베짱이는 분명 진실한 사랑을 보여 줄 거예요. 그리고 그날, 개미의 마음도 베짱이에게 활짝 열릴 거예요.

사랑하는 사람은

사랑하기 때문에 사소한 것에도 미안해하고,
사랑하기 때문에 그 미안함을 이해하지 못해요.

사랑하기 때문에 자기의 모든 것을 내어 주려 하지만,
사랑하기 때문에 그 어떤 것도 원하지 않아요.

사랑하기 때문에 화를 참을 수 있지만,
사랑하기 때문에 화를 내기도 해요.

사랑 때문에 상처도 받지만,
결국 사랑이 그 상처를 치유해 주잖아요.

희로애락, 삶의 모든 것은 다 사랑하기 때문이에요.

사랑이 없다면 삶이 다 무슨 소용일까요?

한 번의 상처가 당신을 아프게 했을지도 몰라요.
그래도 사랑을 포기하지는 마세요.

언젠가 당신 앞에 당신을 위해
충실한 사랑을 바치는 사람이 등장할 테니까요.

사랑받고 싶었을 뿐이야

저는 우리 개미굴의 새로운 개미예요. 다른 굴에 있다가 이사 왔어요. 이 개미굴은 정말 사랑이 넘치는 곳이라는 말을 들었거든요. 그런데 저에게는 안 좋은 기억이 있어요. 이전에 있던 개미굴에서 다른 개미들한테 미움을 받았거든요. 다들 서로의 생일은 성대하게 챙겨 주었지만 제 생일만 되면 모두 일부러 축하해 주지 않으려고 다들 말을 맞췄어요. 그래서 한 번은 성질이 나서 화를 냈더니 다들 저를 보고 이기적이라고 손가락질했어요.

"너희도 내 생일 안 챙겨 줬으니까 나도 너희 생일 축하 안 해 줄 거야!"

모두 저를 비난하는 걸 보고 저는 제가 잘못한 건 줄로만 알았어요. 그래서 개미굴을 뛰쳐나왔어요. 여기에는 내가 있을 곳이 없다는 생각이 들었거든요. 그리고 마침내 지금 제가 있는 새로운 개미굴에 도착했어요. 여기는 모두가 서로를 사랑해 주고 도와주고 아껴 주어요. 아무도 소외되는 개미가 없는 곳이에요.

이 개미굴에서 너무 행복했어요. 다들 저를 있는 그대로 좋아해 주었거든요. 하지만 이상하게도 자꾸만 저는 다른 개미들한테 못되게 굴게 되었어요. 왜 그랬을까요? 충분한 사랑을 받지 못했다고 생각한 것 같아요. 나는 이만큼의 커다란 사랑을 받고 싶은데 다들 제가 원하는 것보다 조금 모자라게 주는 것 같았거든요. 그래서 다들 절 사랑하지 않는다고 생각했던 것 같아요. 그게 불만족스러워서 화를 내고 짜증 나게 굴었어요. 원래 있던 개미굴에서 사랑을 받지 못했던 것만큼 이 굴에서 보상을 받고 싶었나 봐요. 그럴 때마다 다른 개미들은 저를 달래 주기 바빴어요.

어느 날, 이 개미굴에서 맞는 제 첫 번째 생일이 되었어요. 다들 제 생일을 아주 성대하게 준비해 줬어요. 그런데 가만 보니까, 저번 달에 생일 맞이했던 다른 친구들보다는 선물이나 파티의 규모가 작아 보였어요.

"나를 다른 개미들만큼 사랑해 주지 않는 게 분명해! 나는 덜 사랑받는 존재야!"

실망하고 화를 내자, 다른 개미들은 당황하며 그렇지 않다고 해명했어요. 저도 다른 개미들만큼 소중하고 사랑받는 개미라고 위로해 주었어요.

그때부터였을까요? 화를 내면 다른 개미들이 사랑을 표현해 준다는 걸 알았어요. 다른 사람들이 제게 그렇게 표현해 주는 게 내심 좋았어요. 그래서 친구들과 놀다가 소외되는 것 같거나 사랑이 필요할 때는 자리를 박차고 나가거나 안 좋은 표정으로 있는 등, 온몸으로 화가 났다는 표현을 했어요. 그러면 친구들이 저를 봐 주고 관심을 주었으니까요.

그런데 그렇게 제가 화를 낼수록 다른 개미들은 저를 멀리하기 시작했어요. 다른 사람들은 그런 저를 볼 때마다 또 화를 낸다고, 빨리 달래 줘야 한다고만 생각했을 거예요. 그러면 더 크게 화를 냈어요. 저한테는 이게 나 힘드니까 도와달라고, 나를 사랑해 달라는 표현이었지만 아무도 그런 속마음을 알아챈 사람은 없었는걸요.

어느 날 베짱이를 만났어요. 베짱이는 제가 참 좋아하는 친구예요. 베짱이가 배가 고프다고 해서 제가 가진 과자를 줬어요. 베짱이가 엄청나게 좋아하고 기뻐하겠지? 하고 내심 기대했어요. 그런데 슬며시 보니, 고마워하는 기색이 없는 거예요. 그래서 또 막 화를 냈어요. 제가 가장 좋아하는 베짱이가 저한테 고맙다고 말하고 내가 얼마나 좋은 사람인지 표현해 주기를 바랐는데 그렇게 안 해 주니까 심술이 났나 봐요. 그런 개미를 본 베짱이는 이렇게 말했어요.

"개미야, 네가 화를 내지 않아도 모두 다 너를 좋아해. 사랑을 확인하기 위해서 노력할 필요 없어."

"사랑을 확인하기 위해
노력할 필요 없어."

이 말을 듣자 제가 얼마나 잘못하고 있는지 깨달았어요. 사실은 저조차도 사랑받고 싶어서 화를 낸다는 사실을 확실하게 모르고 있었던 것 같아요. 그냥 기분이 나빠서 화가 나는 줄로만 알았어요. 그래서 저도 너무 힘들었어요. 조금만 사랑을 못 받는 것 같아도 나쁜 생각에 빠져서 헤어나오지 못하곤 했으니까요.

엉엉 우는 저를 베짱이는 꼬옥 안아 주며 위로해 주었어요. 다른 개미들은 알아주지 않던 제 속마음을 베짱이가 알아주니까 치유 받는 기분이었어요.

이날 이후로는 사랑을 못 받는 것 같아도 나쁜 기분에 빠지지 않을 수 있었어요. 대신 제 마음을 솔직하고 진솔한 말로 얘기할 수 있게 되었어요. 화를 내는 방식으로는 사랑받지 못한다는 걸 잘 아니까요. 화를 내지 않아도 저를 사랑해 준다는 걸 이제는 잘 알고 있으니까요.

상처를 입은 사람이

그 상처를 이기지 못하는 것은

상처를 주는 사람이 많아서가 아니라

진실로 자기의 마음을 헤아려 주는

단 한 명의 사람이 없기 때문이에요.

사람의 마음을 채워 주는 것은

많은 선물이나 듣기 좋은 말이 아니에요.

그것은 오직 내 마음을 이해해 주는

진실한 사랑 한 마디뿐이에요.

#3

개미와 베짱이, 서로를 이해하다

개미와 베짱이,

모두에게 각자의 사연이 있다는 걸 아셨나요?

그리고 두 사람 사이에

공통점이 있다는 사실도 찾으셨나요?

오직 한 사람

"베짱이는 나와 다른 세상을 살고 있어."

개미는 이렇게 생각했어요. 왜냐하면, 정말로 그렇게 보였거든요. 베짱이는 항상 사람들에게 둘러싸여 살았어요. 개미가 SNS에 사진을 올리면 아무도 반응해 주지 않았는데 베짱이가 사진을 올리면 많은 사람이 호응해 줬거든요. 또 개미의 생일 때는 축하한다는 말뿐이었고 그마저도 정말 적은 수였지만, 베짱이는 비싸고 구하기 힘든 선물들을 잔뜩 받았어요. 어디를 놀러 가도 베짱이는 항상 그 자리에 빠지지 않았어요. 공부는 또 얼마나 잘했는지, 촉망받는 인재라는 소리를 들으며 자랐어요. 개미도 베짱이와 대화할 때마다 베짱이가 참 대단하다고 생각했어요. 모르는 게 없었거든요. 이렇게 똑똑하려면 얼마나 노력해야 했을까요? 개미는 자기는 그렇게 될 수 없다고 생각했어요.

　모두가 다 베짱이를 좋아해요. 사람들은 입만 열면 베짱이를 칭찬했어요. 누구든지 베짱이를 한 번이라도 만난 사람들은 다 베짱이를 존경하고 사랑했어요. 어느 곳이든 베짱이가 지나간 곳이면 베짱이의 영향력이 남는 것만 같았어요. 물론 개미도 그런 베짱이를 참 좋아했어요. 아니, 좋아해야만 했어요. 모두가 좋아하는 베짱이를 개미가 나쁘게 얘기하면, 사람들은 오히려 개미를 안 좋게 생각할 게 분명하니까요. 그래서 사람들이 베짱이를 칭찬할 때면 개미도 아끼지 않고 베짱이를 칭찬해 줬어요. 베짱이가 주인공이라면, 자기는 조연인 게 분명해요. 둘 사이에는 넘을 수 없는 간격이 있음을 개미는 알고 있었으니까요.

　개미는 학교가 마치면 항상 집에 혼자 돌아가야 했어요. 밤에 잠들기 전 SNS를 켜면 친구들과 베짱이가 함께 재미있게 놀다 온 사진이 올라왔어요.

　"왜 나한테는 같이 가자고 아무도 안 물어봤을까?"

의문이 들었지만 사실 답은 내심 알고 있었어요. 하지만 그걸 인정하는 건 너무 무서웠어요. 그래서 혼자 합리화하고는 했어요.

"나를 잠깐 잊어버린 것일 뿐일 거야. 다음에는 나도 같이 가자고 먼저 물어봐야지!"

그럴수록 개미는 베짱이가 점점 미워졌어요. 자기가 가지고 있지 못한 걸 가지고 있는 것 같았고, 친구들을 다 빼앗아가는 것 같았거든요.

개미가 소중히 여기는 친구가 갑자기 급한 일이 생겼다면서 약속을 취소한 날이 있었어요. 그런데 그 친구를 어디서 본 줄 아세요? 개미와 만나기로 약속했던 그 시간에, 베짱이의 생일파티에 간 거예요. 나와의 약속을 취소한 친구가 다른 사람을 만나러 간 것을 봤을 때, 개미는 배신감도 느꼈지만 자책도 많이 했어요. 내가 좋은 사람이 아니라서, 내가 사랑받을 만한 사람이 아니라서 이런 일이 생긴 것이라고요…….

그래서 개미는 자기도 좋은 사람이 되고 싶었어요. 다른 사람들에게 좋은 평가를 받는 사람이요! 자기가 사랑받을 만한 사람이 된다면, 모두가 자기를 좋아해 줄 거라고 생각하면서 말이에요.

그런데 정말 베짱이가 미운 점이 뭐였는지 아세요? 개미도 사람들에게 칭찬을 받고 싶어서 대회를 열심히 준비할 때가 있었어요.

"내가 대회에서 우승하면, 사람들이 나를 다시 볼 거야! 나를 대단하다고 생각하고 좋아해 줄지도 몰라!"

그런데, 그러면 베짱이도 어떻게 알았는지 개미가 참가한 대회에 같이 참가하는 거예요. 그리고 베짱이의 뛰어난 실력으로 우승을 가져가 버렸어요.

또 개미가 친구를 위해서 큰맘 먹고 좋은 생일 선물을 준비하면 베짱이는 어떻게 알았는지, 개미가 준비한 것보다 한 단계씩 더 좋은 선물을 준비해 왔어요. 친구들은 베짱이가 준비한 선물에 눈이 멀어서 개미의 선물은 거들떠보지도 않았어요. 그래서 개미는 베짱이가 너무 미웠어요. 베짱이가 자기를 유독 미워하는 것처럼 느껴졌어요. 왜 자꾸 베짱이가 자기를 못살게 구는 걸까요?

어느 날 베짱이가 개미에게 다가왔어요. 아무 일도 없다는 듯이 능글맞게 친한 척 인사하면서 다가오는 거예요. 순간 개미는 너무 화가 났어요. 베짱이는 항상 저렇게 아무 일도 없다는 듯이, 자기는 좋은 사람이라는 듯이 행동하는 게 싫었어요. 분명 베짱이의 드러나지 않은 마음속에는 시커먼 생각이 있는 게 분명하다고 생각했어요. 개미는 말은 안 했지만 이렇게 마음속에 베짱이에 대한 속상한 점을 잔뜩 가지고 있었어요. 그래서 개미는 순간 욱해서 베짱이에게 소리를 질렀어요.

"나는 네가 정말 미워. 다들 너를 좋아하는데 나는 하나도 안 좋아해! 너한테 가려져서 나는 소외당하는 것 같단 말이야."

그러자 베짱이가 아무 말도 하지 않았어요. 베짱이의 눈이 동그래져서 당장이라도 울 것만 같은 거예요.

"너도 그런 줄 몰랐어."

베짱이는 천천히 말문을 열었어요.

베짱이는 예전부터 자존심이 아주 강했어요. '내가 쟤보다는 낫지, 내가 더 뛰어난 사람이야.' 하고 생각했어요. 그래서 다른 사람을 계속 의식하며 살아왔어요. '남들은 나를 어떻게 생각하지? 다른 사람들은 성적이 어떻게 나왔지? 쟤가 입은 옷이 내 옷보다 더 좋은 옷인가?' 그리고 자기가 남들보다 더 우월하다는 것을 확인하는 순간 안도하는 것이에요. 하지만 반대로 그러지 못했을 때, 자존심이 바닥을 뚫고 내려가 자신을 좀먹게 되었어요.

그래서 베짱이는 어디에 있든지 항상 자기가 최고여야만 했어요. 공부도 1등, 운동도 1등. 그렇게 다른 사람들에게 둘러싸여 아주 좋은 사람이라고 칭찬받고 그 능력을 인정받아야 마음이 편해졌어요. 그래서 베짱이는 다른 사람들이 자기보다 더 사랑받지 못하도록, 그러니까 자기가 제일 사랑받는 사람이 될 수 있도록 끊임없이 경쟁했어요.

"내가 무조건 대회에서 1등을 해야 해! 내가 남들보다 더 좋은 선물을 준비해야 해!"

그렇게 베짱이는 다른 사람들을 계속 신경 쓰느라 정작 자기 자신의 삶은 제대로 살지 못했어요.

그런데 정말 문제가 뭐였는지 아세요? 정말 큰 문제는, 베짱이가 어떤 분야에서 최고가 되어서 자존심이 올라가면, 금방 다른 부분에서 또 경쟁할 요소를 찾아냈다는 거예요. 그리고 자기보다 잘난 소수의 사람을 귀신같이 찾아내서 박탈감을 느끼고 시기하며 질투하게 되었어요. 아무리 높은 자리에 올라가도 자기보다 더 대단해 보이는 사람들이 있었거든요. 이렇게 베짱이의 자존심은 계속해서 열등감을 불러일으켰어요. 높이 올라가면 올라갈수록, 자존감은 떨어져만 갔어요. 물론 자신을 우러러보는 사람들이 수두룩했지만, 베짱이의 눈에 그런 사람들은 보이지 않았어요. 자기보다 더 대단한 사람들에게 신경 쓰느라 다른 곳에는 눈길도 가지 않았는걸요.

베짱이가 겉으로는 화려해 보이고 대단해 보였지만 속에서는 얼마나 불안해했는지 아무도 몰랐을 거예요. 끝나지 않을 경쟁을 계속해야만 했으니까요. 만약 자기가 경쟁에서 지면 사랑받지 못할 것이라고 생각했으니까요.

그래서 베짱이는 사람들 속에 있지만, 왠지 혼자가 된 느낌이었어요. 친구들이 나를 사랑해 줘서 함께 있는 게 아니라고 생각하면서 항상 불안했어요. 사람들 속에 둘러싸여 있지만 외로움이 없어지지 않았어요. 이 친구들은 진짜 친구들이 아니었고, 내 웃음은 행복해서 나오는 웃음이 아니었으니까요.

세상은 베짱이에게 사랑받을 만한 사람인 것을 증명하라고 요구했어요. 베짱이의 외모에 따라서, 능력에 따라서 그리고 성격에 따라서 자기가 가치 있는 사람이라는 것을 증명해야 했어요. 그리고 이것을 증명하지 못하면, 사람들 속에서 소외당하고 무시당할까 봐 걱정되었어요. 그래서 SNS에 내가 얼마나 잘 살고 있는지, 얼마나 능력이 뛰어난 사람인지 게시물을 올리고 거기에 달리는 하트나 좋아요 개수를 신경 쓰며 살아야 했어요. 남들보다 좋아요를 많이 받으면 괜히 우쭐하게 되었지만, 남들보다 적게 받으면 걱정되고 불안해졌어요.

베짱이도 내심 마음속에서 자기가 잘나고 좋은 사람이기 때문이 아니라, 부족하고 못난 점이 많아도 곁에 있어 주는 진정한 친구가 생기면 좋겠다고 생각했어요. 때로는 친구들의 마음을 이해해 주지 못

할 때도 있고, 상처를 줄 때도 있지만 이런 단점이 있어도 사랑해 줄 친구들을 원했어요. 가식적인 모습이 아니라 있는 그대로의 모습을 사랑해 줄 친구들을 원했어요. 내가 그다지 좋은 사람도 아니고, 사랑받을 만한 사람이 아닌데도 나를 사랑해 주는 그런 친구들이요!

베짱이의 말이 끝나고, 개미와 베짱이는 서로를 바라볼 뿐이었어요. 사랑에 목말랐던 두 사람, 전혀 다른 세계에 살던 두 사람이 사실은 같은 문제를 안고 살아가고 있음을 알게 되었으니까요.

이날 이후로 두 사람은 완전히 바뀌었어요. 이제 이 둘은 많은 사람에게 사랑받기를 원하기보다 서로를 정말 아껴 주고 사랑해 주는 친구가 되었어요. 그리고 진실한 마음을 나누는 친구가 있는 한 다른 수많은 사람의 사랑은 그다지 중요한 것이 아니었어요. 개미와 베짱이는 평생을 소중한 친구로 서로 아껴 주고 사랑해 주며 보냈어요.

아저씨 별의 사람들은

한 정원에 장미를 5천 송이나 가꾸지만

정말로 원하는 것은 찾지 못해.

정말로 필요한 것은 한 송이의 장미꽃인데…….

- 생텍쥐페리,   어린 왕자

소중한 사람은

개미는 인간관계에 대해서 깊은 회의감을 느끼고 있었어요. 세상에는 정말 좋은 사람들이 많이 있어요. 훌륭하고 멋있고 게다가 배려심까지 깊은 사람들이 개미의 주변에 많았거든요. 하지만 이 말이 개미가 그 사람들을 좋아한다거나 한번 만나 보고 싶다는 말은 아니었어요. 저 사람이 정말 멋있는 사람이라는 것은 잘 알겠지만, 그렇다고 한번 잘 해 보고 싶다는 생각이 들지는 않았으니까요. 사랑이라는 게 조건이 좋다고 해서 혹은 잘생겼다고 해서 그냥 생겨나는 건 아니잖아요?

정말 많은 사람이 개미에게 잘 대해 줬어요. 개미가 배고플까 봐 음식도 잘 챙겨 주고, 안부 문자도 꼬박꼬박 보내 주고, 말과 편지로 이쁘고 소중한 말들을 고르고 골라 개미에게 해 주었어요. 개미는 그런 사람들이 참 고마웠어요. 자신을 소중하게 대해 주는 사람이 많다는 사실에 감사함을 느꼈고, 자신을 이쁘게 봐 주는 사람들을 개미도 좋아해 주었지요.

그런데 그 사람들이 언제부턴가 마음을 고백해 오기 시작했어요. 누군가가 나를 좋아해 준다는 사실은 참 고마웠지만, 그 마음을 받아 줄 수는 없었어요. 사랑하지 않으니까요! 누군가와 결혼을 하면, 지금까지 살아온 인생의 두 배 가까이 되는 시간을 함께해야 하는데, 단지 멋있다고 해서 혹은 능력이 좋다고 해서 아무나 막 선택할 수는 없었으니까요.

개미는 사람들의 마음을 거절할 때마다 미안함을 느꼈어요. 그리고 그 마음은 죄책감으로 변해 갔어요. 내가 누군가에게 상처를 주었다는 죄책감, 내게 잘해 주었던 사람에게 모질게 굴었다는 죄책감을 말이에요.

그래서 언젠가 다른 사람이 또 마음을 고백해 왔을 때 한번 그 사람을 사랑해 보려고 노력도 해 봤어요. 지금은 아무 마음도 없지만 서로 알아 가다 보면 의외의 모습에 마음을 빼앗기게 될지도 모르니까요. 그래서 서로 알아 가는 시간을 가지면서 이 사람의 좋은 점을 찾아보고 또 호감을 느껴 보려고도 했지요. 하지만 그것도 쉬운 일은 아니었어요. 사랑하는 마음을 포기하는 것이 어려운 것처럼, 사랑하지 않는 사람에게 마음을 가지는 것도 그만큼 어려운 일이었으니까요.

그런데 정말 슬픈 일은 고백을 거절하는 순간 그 사람이 완전히 떠나가 버린다는 것이었어요. 정말 좋은 사람이고 내게 잘해 주는 사람들이 갑자기 나를 차갑게 대하며 관계를 끊어 버리는 것이에요. 그리곤 뒤에 가서 개미에 대해 안 좋게 얘기하곤 했어요.

개미도 자기를 이쁘고 소중하게 대해 주는 사람들을 잃고 싶지는 않았어요! 나를 좋아한다고 말해 놓고, 내가 소중하다고 말해 놓고 어떻게 저렇게 태도가 변할 수 있을까요? 정말 내가 그렇게 소중하다면, 내가 마음을 받아 주지 않은 이후에도 저를 소중하게 대해 주어야 하는 거 아닌가요?

"왜 저를 싫어하고 미워하는 사람들보다도

저를 좋아한다는 사람들이

저를 더 힘들게 하는 것일까요?"

그래서 개미는 자기에게 잘 대해 주는 사람들을 경계했어요. 아무리 내게 이쁘다고 말해 주고 좋아한다고 표현해 주어도 다 믿지는 않았어요. 그리고 누군가 내게 잘 대해 줄 때, 제발 저 사람이 자기에게 마음을 품고 있는 게 아니길 바라게 되었어요.

어떤 사람들은 자기가 개미에게 잘해 주는 것만큼 개미 또한 자기에게 호의를 갚아 주기를 원하곤 했어요. 자기가 개미에게 마음을 준 만큼 개미 역시 자기에게 마음을 주기를 원했고, 자기가 기대한 만큼 개미가 자기에게 잘 대해 주지 않으면 금방 속상해하고 토라지기도 했으니, 누군가가 자신을 좋아한다는 사실이 좋게만 받아들여지지는 않았어요. 예의 없는 사랑은 사랑의 탈을 쓴 폭력일 뿐이었으니까요.

왜 저를 싫어하고 미워하는 사람들보다도 저를 좋아한다는 사람들이 저를 더 힘들게 하는 것일까요?

이젠 사람들이 자기에게 선물을 가져다주거나, 같이 밥을 먹자고 연락하는 일 자체를 꺼리게 되었어요. 사람들이 많은 곳에서 자기를 좋아하는 티를 내며 부끄럽게 추근대는 사람들도 짜증이 났어요. 이런 사람들이 많아질수록 뒤에서는 자꾸만 개미가 어장을 친다느니, 여우 짓을 한다느니 하는 나쁜 소문이 돌았으니까요.

그런데 어느 날 베짱이가 개미에게 다가와 또 마음을 고백하는 거예요. 그 순간 개미는 자기의 얼굴을 찡그리게 되었어요. 개미도 베짱이를 정말 좋아했고, 베짱이가 좋은 사람이라는 것도 알았어요. 그리고 자신을 소중히 대해 주는 베짱이가 개미에게도 소중한 사람이었어요.

하지만 그런 베짱이의 마음을 받아 줄 생각은 없었어요. 이제 베짱이도 차갑게 변하며 지금까지 쌓아 온 좋은 추억이 다 무너지게 되겠죠? 이렇게 또 좋은 사람을 떠나보내야 한다니 개미는 마음이 아팠어요.

개미는 베짱이에게 베짱이를 이성으로 본 적이 없다고, 베짱이를 만나 보고 싶은 생각은 전혀 없다고 단호하게 말했어요. 그러자 베짱이가 이렇게 말했어요.

"아……. 좀 일찍 말해 주지……."

개미는 너무 화가 났어요. 왜 다 자기 잘못인지 모르겠어요. 베짱이가 혼자서 좋아해 놓고 마음고생 한 게 내 잘못인가요? 나를 좋아한다고 해 놓고 이젠 또 나를 비난하는 건가요?

그래서 개미는 베짱이에게 화를 냈어요. 아니, 사실은 자기에게 화를 낸 것일지도 몰라요. 나는 아무것도 하지 않았는데, 계속해서 나쁜 사람이 되어만 가는 자기의 모습에 한탄한 것일지도 몰라요.

그러자 베짱이가 깜짝 놀라며 해명을 했어요.

"그게 아니에요. 개미 씨를 탓하는 게 아니라 저 자신을 탓하는 거예요."

베짱이도 사실 개미에게 마음 전하기를 머뭇거렸어요. 왜냐하면, 베짱이와 개미의 관계가 완전히 틀어질까 봐 두려웠기 때문이었지요. 베짱이는 개미를 정말 좋아했지만, 개미가 자기의 마음을 알아챈다면 다시는 친구로서 편하게 지낼 수 없게 될 테니까요.

하지만 사실 베짱이는 개미랑 잘되지 않아도 괜찮다고 생각했어요. 이상하지요? 개미를 좋아하면서 왜 개미와 잘되지 않아도 괜찮았을까요?

베짱이는 자기를 아주 높게 평가했어요. 그래서 자기가 하고자 하는 건 무엇이든 할 수 있다고 굳게 믿었어요. 왜냐하면, 자기는 아주 대단한 사람이니까요! 아주 멋있는 사람이니까요!

물론 가끔 시험에 떨어지거나, 대회에서 입상하지 못할 때도 있었어요. 하지만 그래도 베짱이는 괜찮았어요. 왜냐하면, 내게 자격증이 없고 수상 경력이 없어도 이미 나는 충분히 멋있는 사람이라고 생각했거든요. 그래서 실패의 경험 앞에서도 베짱이는 자신감을 잃지 않았어요.

만일 온 세상 사람들을 능력 순서대로 일렬로 세워 놓을 수 있다면, 사실 베짱이는 엄청 뒤에 서 있는 못난 사람일지도 몰라요. 그러나 그런 것은 베짱이에게 전혀 중요한 것이 아니었어요. 세상의 기준에 자기가 뒤떨어지면 어떻고, 다른 사람들과 비교해서 모자라면 어때요? 그래도 베짱이는 자기 자신이 얼마나 소중하고 특별한 사람인지 스스로 알고 있었으니까요!

그래서 또한 베짱이는 개미가 정말 이쁘고 평생을 살면서 만날 수 있는 사람 중에서 가장 좋은 사람이라고 생각했지만, 동시에 개미가 내 삶에 없어도 나는 이미 내 모습 이대로 충분히 만족스럽고 대단하다고 생각했어요. 고작 실연의 상처가 베짱이가 지금까지 쌓아 올린 삶과 자존심을 다 무너트려 버릴 만큼 베짱이의 자아는 나약하지 않았는걸요. 오히려 자신을 놓치게 된다면 그건 베짱이가 아니라 개미가 후회해야 할 일이었어요!

하지만 그런데도 베짱이는 개미에게 쉽게 마음을 전할 수 없었어요. 왜냐하면, 개미와 잘되는 것은 둘째 치더라도, 개미는 그 자체로 베짱이에게 아주 소중한 사람이었거든요.

베짱이는 화가 잔뜩 나 있는 개미에게 이렇게 말했어요.

"개미 씨는 지금까지 제가 만난 사람 중에서 제일 좋은 사람이에

요. 제일 이쁘고, 지혜로운 사람이에요. 아마 제가 앞으로 평생을 살면서 수많은 사람을 더 만나더라도 개미 씨 같은 사람은 제 삶에 더 나타나지 않을 거예요. 당신을 놓친다면, 제 인생에 당신 같은 사람이 다시는 등장하지 않을까 봐 두려워요. 그래서 제게 단 한 명의 배우자를 둘 수 있다면, 다른 사람보다 개미 씨를 배우자로 두고 싶어요.

하지만 개미 씨가 저를 선택해 주지 않아도 괜찮아요. 개미 씨를 좋아할 때도 개미 씨가 소중한 사람이었던 것처럼, 개미 씨가 제 마음을 받아 주지 않은 이후에도 여전히 개미 씨는 제게 소중하고 특별한 사람이니까요.

개미 씨가 저 말고 다른 사람을 만난다면, 솔직히 부럽고 질투가 나긴 하겠지만 저는 개미 씨가 행복했으면 좋겠어요. 그리고 만일 다른 사람을 만난다면, 정말 행복한 시간을 보내시면 좋겠어요. 제가 아닌 다른 남자를 선택해 놓고 행복하지 않다면, 그건 저에 대한 모욕이 될 테니까요. 저를 위해서라도 누구보다 행복하기를 바랄게요."

개미는 깜짝 놀랐어요. 자기에게 이렇게 말해 주는 사람은 없었으니까요. 다들 개미와 관계가 이어지지 않으면 언제 그랬냐는 듯이 태도를 바꿨으니까요. 개미는 오랫동안 이런 사람을 찾아 왔어요. 자기를 여성이 아니라 있는 그대로의 친구로 받아 줄 수 있는 사람을요.

먼 훗날, 개미와 베짱이는 결국 이어지지 않았어요. 각자 다른 사람을 만나서 각자의 가정을 꾸리게 되었지요. 하지만 개미와 베짱이는 서로를 이성의 감정을 넘어 사람으로서 서로를 사랑해 주는 좋은 친구로 지냈어요. 마음속에 담아 두는 것만으로도 행복해지는 좋은 사람으로 두면서요!

좋은 사람은

마음속에 담아 두기만 해도 좋다.

찌질시기

"따르르릉! 따르르릉!"

베짱이는 아직도 아침에 알람 소리만 들으면 벌떡 일어나요. 왜냐하면, 전역한 지 얼마 안 되었거든요. 이제는 군인도 아닌데 아직도 몸에 밴 군기가 빠지지 않나 봐요.

아침마다 일어나서 눈을 떠 천장을 보면 희멀건 병영 막사의 천장이 아닌, 우리 집 천장 무늬가 있는 걸 볼 때마다 국방의 의무를 다 마쳤다는 것이 믿기지 않았어요.

20대 초반, 처음 입대할 때는 모든 것이 두려웠어요. 군대에 대한 무서운 이야기들이 떠오르기도 하고, 가족과 친구들이 없는 낯선 곳으로 가는 것이었으니까요.

　얘기로 들었던 것처럼 군대는 정말 다른 세상이었어요. 내 마음대로 움직일 수 있는 것이 하나 없었고, 내 생각대로 할 수 있는 것이 아무것도 없었어요. 화장실에 가는 것조차 허락을 받아야 한걸요. 이렇게 모든 것이 통제당하는 곳에서 내 행동 하나하나가 평가를 받고 아주 작은 실수에도 큰 죄라도 지은 것처럼 매섭게 혼나야 했던 곳이 군대였어요.

　무엇보다 군대에서 가장 힘든 것은 자유를 박탈당했다는 사실이었어요. 말 한마디조차 내 마음대로 할 수 없는 곳에서 베짱이는 자유가 얼마나 소중한 것인지 알게 되었어요. 먹고 싶은 것을 먹을 수 없고, 자고 싶을 때 잘 수 없고, 보고 싶은 사람을 볼 수 없으면서, 반대로 함께 있기 싫은 사람들과 하기 싫은 일을 하면서 꼬박 2년을 보내야 한다니 베짱이는 눈앞이 캄캄했어요.

　하지만 점차 시간이 흐르면서 많은 전투 기술을 몸에 익히고, 내 업무에 숙달되어 가자 베짱이는 점차 자신감이 생겼어요. 주변의 다른 군인들도 베짱이의 능력을 인정해 주기 시작했고 베짱이를 좋아해 주기 시작했어요.

이제 군인 베짱이에게는 자기에게 어떤 어려운 일이 맡겨진다 해도 다 해낼 수 있는 자신감이 있었어요. 이제 한 명의 어엿하고 훌륭한 군인이 되었으니까요.

그럴수록 베짱이는 군에서 복무를 마치고 난 다음을 준비하게 되었어요. 베짱이는 몇 해를 군인으로 살아가고 있었지만, 단 하루도 자기에게는 돌아갈 곳이 있다는 것을 잊지 않았어요. 어떤 사람들은 군인이 되는 것을 인생 여정의 종착점으로 여겼지만, 베짱이는 군인이 자기 인생의 종착점이 아니라는 점은 당연히 알고 있었으니까요. 이곳은 인생에서 잠시 거쳐 가는 곳일 뿐이니까요. 그래서 베짱이는 긴 군 생활을 마친 후 사회로 돌아가는 날을 준비하며 시간을 보냈어요. 그런 면에서는 군대에 고마운 점도 있었어요. 여기에서 많은 것을 배우면서 더 성장한 사람이 되었으니까요.

제대가 가까워지면 가까워질수록 베짱이는 자신 인생의 후반전은 전반전보다 더 역동적인, 그러나 차분한 경기가 될 것이라고 다짐하고 있었어요. 왜냐하면, 군대 안에서 많은 경험을 쌓고 기술을 배우면서 더욱 성장한 사람이 되었고, 더 자신감이 생겼으니까요! 사회로 돌아가면 무슨 일이든 훌륭하게 해내는 그런 대단한 사람이 될 것이라고 다짐했고, 그래서 제대 이후가 기대되었어요. 앞으로 미래에 어떤 어려운 과제들이 기다리고 있다 해도, 베짱이는 힘차게 시련을 넘으며 당당히 세상을 살아갈 것이라고 기대했으니까요.

그러나 이제 사회에 진출한 베짱이의 모습은 생각했던 것처럼 역동적이고 활기차지 않았어요. 이제 20대 중반, 사회로 나온 베짱이는 자꾸 자신감이 떨어져만 갔어요. 자기가 군대에 가 있는 동안 군대에 가지 않는 동기들과 후배들은 이미 사회로 나가서 인생을 개척하며 열심히 살아가는데, 자기는 아직 대학생일 뿐이었으니까요.

여자 동기들과 후배들은 직장을 다니고 있고 차를 사서 타고 다니는 모습을 보면 자신과 비교가 되었어요. 왠지 모르게 우러러보게 되고 부러웠으니까요. 나보다 인생을 몇 수나 앞서가는 것 같았거든요.

나는 자전거를 타고, 버스를 타고 다니는데 여자 동기들은 남자친구와 차를 타고 비싼 식당에 다니는 것을 볼 때마다 나도 군대만 다녀오지 않았으면 벌써 좋은 직장에 들어갔고 차와 집을 가지고 있을 것이라 생각했어요. 이미 어엿한 사회인이 되어 있었을 거예요.

그런데 자기는 이제 20대 후반을 바라보는 나이지만, 아직도 부모님의 도움이 없으면 살 수 없는 처지였어요. 다 큰 어른이 되어서도 부모님께 신세를 지는 것은 참 죄송한 일이었어요. 그래서 가장 중요한 시기일 때 그리고 가장 행복할 수 있는 시기인 2년을 군대에 헌신한 것이 아깝게 느껴지기도 했어요. 그것 때문에 자기는 이제 나이만 먹은 어린아이일 뿐인걸요. 과거로 돌아갈 수 있다면, 어떤 수를 써서라도 면제를 받아야 하겠다고 생각했어요.

이렇게 남들과 비교할 때마다 조급함이 느껴졌어요. 만약 대학교를 졸업한 이후에 바로 취업에 성공하지 못한다면, 자신감이 바닥을 찍어 버릴지도 몰라요. 이런 조급함 때문에 대학원 진학을 고려하거나 세계 여행을 떠나는 꿈은 아예 선택지에서 없어졌어요.

군 복무를 했다는 자부심이요? 제대하고 얼마 지나지 않아서 다 사라져 버렸어요. 베짱이가 군 복무 중일 때, 뉴스에는 나오지 않는 적국의 수많은 공격과 불법 입출국 등 불법적인 행동들에 깜짝 놀라곤 했어요. 평화로운 줄만 알았던 나라가 그렇지 않다는 걸 알게 되었으니까요. 그리고 그 일들을 직접 해결해 가면서 정말 내가 나라를 지키고 있구나 하는 자부심이 있었어요. 하지만 세상의 다른 사람들은 그렇게 생각하지 않는다는 걸 제대한 지 얼마 안 되어 알게 되었는걸요. 군대를 다녀오지 않은 사람들도 군인들을 경시하고 무시했고, 심지어 군대를 갔다 온 선배들도 요즘 군대가 군대냐는 말로 비하했어요. 아무도 군인을 존경하지 않고 오히려 무시하는데 어떻게 군인이라는 자부심이 있을 수 있겠어요?

무엇보다 군 복무를 하는 2년 동안 경제활동에 공백기가 생겨 버리고 그만큼 사회 진출이 늦어져서 돈을 모으기 불리한 조건인데도 주택 마련, 결혼 비용 등의 재정적 부담은 분명히 남자에게 더 편중된 걸 보면서 베짱이는 억울하다는 생각도 했어요.

대학을 졸업하면 20대 후반이 되어 버리는데, 30대 전에는 취업할 수 있을까요? 그때 취업했다 한들, 남자가 결혼하려면 번듯한 직장과 집 한 채 그리고 차 한 대 살 돈은 있어야 하는데, 결혼 적령기가 다 지나기 전에 집이나 차를 살 수나 있을까요?

한편, 개미는 대학교를 졸업하고 바로 일을 시작했어요. 다행히 전공을 살려 일할 수 있는 좋은 직장을 얻었거든요. 하지만 사회생활은 생각처럼 녹록지 않았어요. 여자라서 겪는 어려움이 있었거든요.

가끔 나이가 많은 상사들이 자신을 대하는 태도가 남자 직원들을 대하는 태도와는 다른 경우가 많이 있었어요. 개미도 힘들게 입사해서 열심히 일하는 것은 마찬가지인데, 자꾸만 음료수나 커피를 가져와야 하는 등의 잔심부름은 개미에게 주어졌어요. 이런 잔심부름은 여자들이나 해야 한다고 생각하는 거예요. 시간이 지나고 개미보다 직급이 낮은 직원들이 들어와도 자잘한 심부름은 개미가 도맡아 하게 되었는걸요. 개미도 주어진 업무 때문에 바쁜데 잔심부름까지 하느라 가끔 업무 성과가 떨어지기도 했고, 그걸 막으려고 야근까지 할 때가 있었어요.

반면에 기획이나 프로그램 진행 등 중요한 일들은 남자가 책임을 지고 해야 한다는 의견을 가진 상사들도 있어서, 개미는 프로젝트를 멋지게 수행할 기회들을 놓치고 말았어요. 남자 직원들과 자기는 그저 입고 있는 껍데기만 다를 뿐인데, 왜 남자 직원들과 여자 직원들의 역할과 능력을 다르게 구분하는 것일까요?

어떤 사람들은 개미에게 여자도 남자처럼 성공하고 싶으면 사내 모임에도 참석하고, 회식 자리에도 빠지지 말고, 사내 인간관계를 잘 가꾸어야 한다고 조언하기도 했어요. 물론 개미도 그 말에 십분 동감했어요. 인간관계가 사회생활에서는 아주 중요한 부분이니까요. 하지만 사내 행사라고 열리는 것들은 축구나 야구처럼 남자 위주의 프로그램일 때가 많았어요. 이런 운동들은 분명 남자들이 여자들보다 잘하는 운동인걸요.

그나마 테니스나 배드민턴처럼 개미도 할 수 있는 운동을 할 때는 주저하지 않고 참석했지만, 상사들이 잘하지 못해서 일부러 맞춰 주어야 하는 개미와 운동하는 것을 은근히 싫어했어요.

심지어 거래처 접대 문화도 남성들 위주로 이루어져 있어서 여자인 개미가 기획을 책임지고 담당하는 것은 어려운 일이었고, 거래처에서도 그다지 반기지 않는 분위기였어요.

때론 담배를 피울 때 업무적인 이야기들이 오고 갈 때도 있어서, 담배를 피지 않는 개미는 중요한 정보를 놓치거나 변경 사항들을 뒤늦게 파악할 때가 있었어요. 회사 문화 자체가 모두 남성 중심으로 이루어져 있다는 느낌을 받았어요.

그나마 남녀 모든 직원이 모일 수 있는 회식 시간에는 가끔 불편한 일들이 생겨서 개미가 오래 있기 어려웠어요. 남자 직원들이 별것 아니라는 듯이 성적 농담을 하거나, 상사들이 여자 직원들에게 분위기를 살려 보라는 등의 명령할 때는 적잖이 당황할 수밖에 없어서 자리에 오래 있지 못할 때도 있었어요.

물론 모든 게 다 사회의 잘못만 있는 것은 아닌 걸 개미도 알았어요. 상대적으로 남자들이 여자들보다 조직 문화나 사회생활에 더 쉽게 어울리고 적응하는 게 사실이었으니까요. 회사 생활이 남자들 위주로 만들어져 있지만, 그 안에서 남자들보다 더 성과를 내고 높은 자리까지 올라가는 여자들도 분명 있었으니까요. 개미는 자기도 그런 사람이 되고 싶었어요. 이런 어려운 환경 속에서 꿋꿋이 버티며 멋있게 성공하는 커리어우먼을 꿈꾸었어요.

하지만 정말 문제는 다른 곳에 있었어요. 이 회사에 계속 다닐 수 있을지, 혹은 일을 자체를 계속할 수 있을지조차 불확실했거든요. 남들보다 빨리 취업했다고 해 봤자 계약직일 뿐이고, 정직원으로 빨리 승진하지 않으면 자리가 위태롭다는 것을 알았으니까요.

왜 빨리 승진해야 하냐고요? 남자친구가 결혼을 원하기 때문이었어요. 만일 아이라도 가진다면, 일을 그만두어야 할 테니까요. 물론 육아휴직이나 출산휴가 같은 제도가 잘 되어 있지만, 그것도 정직원들이나 누릴 수 있는 호사였어요.

여성의 절반이 육아로 인한 경력 단절이 온대요. 그리고 그중에서도 오직 절반만이 재취업에 성공한대요.

아이를 낳으면 부부 둘 중 한 사람은 잠시 일을 그만두어야 해요. 그러면 개미가 일을 쉬는 동안 남자 동기들은 경력을 쌓으며 승진을 이어 나가겠죠? 그렇게 나중에 개미가 돌아오면 남자 동기들은 과장도 달고 부장도 달았겠지만, 개미는 기껏해야 대리나 주임으로 돌아오게 될 거예요.

또한, 아이를 키우고 몇 년이 지나 재취업을 하려고 하면 취업 시장의 상황은 완전히 달라져 있는 거예요. 20대 때는 내가 가고 싶은 곳을 지원해서 갈 수 있었지만, 30대가 넘어서는 불러 주는 곳조차 없게 될 거예요. 회사는 나이가 어린 사람을 뽑고 싶지, 나이 많은 사람은 능률도 떨어진다고 생각하기도 하고 또 나이 많은 부하 직원을 두고 싶지 않을 테니까요.

재취업에 성공했다 하더라도 아직 어린 아이들을 위해서 일찍 퇴근하거나, 급하게 아이에게 가야 할 일이라도 생기면, "이래서 여자들은 뽑으면 안 돼." 같은 소리를 들어야 할 거예요.

개미는 억울한 면이 있었어요. 육아는 여자 혼자서 하는 것도 아닌데, 분명 개미가 육아에 있어서 더 많은 부분을 차지하고 있었으니까요. 이처럼 남자들의 성공은 여성들의 희생을 통해서 이루어진 것인데도 여성들의 어려움을 전혀 헤아려 주지 않는 것이 속상했으니까요. 물론 자기보다 더 열심히 일하는 남편을 생각하면 이 정도 일은 참을 수 있겠지만, 그래도 훌륭한 직장인이 되고 싶은 개미에게 이러한 일들은 억울한 일이었어요.

개미는 가정에서의 역할 분담, 회사에서의 편견, 이런 것이 없이 스스로 성공하고 싶은 꿈이 있었으니까요

25~30세를 '남자들의 찌질시기'라고 부른대요.

군대를 전역한 이후에

다른 사람보다 뒤처지는 자신을

한탄스럽게 보는 시기라서요.

그렇다면 여자들에게는

35~40세에 '찌질시기'가 있나 봐요.

출산 후에 경력이 단절되는 시기니까요.

모든 사람에게는 다 어려운 시기가 있어요.

이것을 서로를 향해 비난하기보다

서로 이해하고 도우며 해결할 방안을

힘을 합쳐 찾으면 좋겠어요.

상처 입은 청년들을 위한

개미와 베짱이

1판 1쇄 발행 2022년 3월 7일

지은이 이창종

교정 윤혜원
편집 유별리

펴낸곳 하움출판사
펴낸이 문현광

이메일 haum1000@naver.com   **홈페이지** haum.kr

ISBN 979-11-6440-937-2 (03800)

좋은 책을 만들겠습니다.
하움출판사는 독자 여러분의 의견에 항상 귀 기울이고 있습니다.